ㅅㅅㅅㅈ

이유있는 살인

ㅅ ㅅㅅㅈ

이유있는 살인

발 행 일　2022년 9월 30일　초판 1쇄 발행

지 은 이　케리훈
발 행 인　이헌숙
윤문/교정　김건아
디 자 인　김학용
발 행 처　주)휴먼컬처아리랑
경기 양평군 옥천면 용천로 37
전　　화　070-8866-2220
전자우편　thethinkbook@naver.com
등록번호　132-81-87282

www.휴먼컬처아리랑.kr

ISBN　979-11-6537-328-3　03810

ㅅㅅㅅㅈ

이유있는 살인

케리훈 지음

프롤로그

당신들은 살면서 반드시 죽여 버리고 싶은 사람 없었어?

사실, 나는 어린 시절부터 아버지를 미치도록 죽이고 싶었지. 왜냐고?

하루가 멀다 하고 날 때렸거든.

능력도 없는 주제에 이것저것 사업이라고 벌려놓고는 하는 족족 실패하면서 나에게는 공부해서 반드시 성공해야 한다고 매일같이 두들겨 패고, 공부하라고 패고, 친구들이랑 논다고 패고. 술 먹고 와서는 꼴 보기 싫다고 패고. 진짜 날 괴롭히기 위한 존재 같았지.

왜 반항하지 않았냐고? 어렸으니까 당연히 아버지 말을 들어야 하는 줄 알았지. 그때는….

그냥. 맞고만 있었어. 무서웠거든. 나뿐만이 아니라 어머니와 여동생까지….

아무튼 난 얻어맞지 않기 위해 노력했어. 머리가 굵어지면서 얼마든지 반항하고 뛰쳐나갈 수 있었지만. 그렇게 하지 않았지 왜 그랬을까?

그래서 난 결심했어. 반드시 성공할 거라고 방해가 되는 건 다 죽여 버리기로 마음먹었지. 그리고 이 지긋지긋한 현실에서 벗어날 거야.

나는 자유롭게 나로 살 거라고. 기대해봐.

차례

두 번째 사건

창밖을 바라보니 푸르던 앞산의 풍경이 어느새 울긋불긋하게 물들어 있었다. 사무실 창밖의 나무는 이미 겨울을 준비하는 듯 잎이 떨어지고 있었다.

'벌써 가을도 지나가는 건가?'

고개를 돌려 달력을 확인하니 10월 28일이었다. 적막한 사무실 공기를 찢는 날카로운 핸드폰 벨 소리가 들려왔다. 전화를 꺼내 받자 다급한 목소리가 들렸다.

"반장님, 사건이 또 터졌습니다. 와보셔야 할 것 같습니다."

"설마…. 그 사건과 관련이 있는 거냐?"

"네. 그때도 심상찮더니 동일범의 소행 같습니다."

공 반장은 착잡한 심정을 숨기지 못하고 한숨을 내뱉으며 말을 이었다.

"후~ 그래 현장 위치 불러봐."

"네. 여기가 시내로 오시다 보면 다리 건너기 전에 있는 스카이 모텔입니다."

"그래. 곧 가마."

15분가량 차를 끌고 가니 누가 봐도 사건 현장이라는 것을 알 수 있게 구급차와 경찰차 그리고 사람들이 모여 있었다.

겨우 주차하고 차에서 내리니 이제 갓 전입 온 막내 형사가 잽싸게 달려와 설명을 시작했다.

“충성, 반장님 현장이 지난번 사건이랑 거의 똑같습니다.”

“그래, 이번에도 젊은 남자냐?”

“예, 그렇습니다. 또 30대 젊은 남자입니다. 정말 이상하죠?”

“참네, 그러게 말이다. 현장에는 누가 있냐?”

“지금 김 형사님이 전담반이랑 함께 현장 감식 중입니다.”

“몇 층이냐? 앞장서라”

막내의 안내에 따라 모텔 3층으로 향했다. 전담반이 분주하게 사건 현장을 기록하며 증거품들을 수집하고 있었다. 한쪽에서 유심히 사체를 살피고 있는 김승현 형사에게 다가갔다.

"뭐 좀 나왔나?"

벌써 몇 년째 함께 일하고 있지만, 아직도 속을 알 수 없는 김 형사는 뒤도 돌아보지 않고 무심하게 시체를 살피며 대답했다.

"오셨습니까. 지난번 사건이랑 거의 똑같다고 보시면 됩니다. 어떻게 남자 새끼들이 이렇게 속수무책으로 당할 수 있는지 이해가 안 됩니다."

"이 동네에서 살인사건이 일어나는 것이 더 이해가 안 가지. 다리 하나 건너면 다 아는 사람들인데, 신원은 파악됐나?"

"음, 이 지역 사람은 아닌 것 같습니다. 신분증을 찾긴 했는데 범인 새끼가 조각조각 잘라 놓아서 붙이려면 시간이 조금 필요할 것 같습니다."

김 형사는 다시 몸을 구부려 시체를 살폈다.

"완전 범행 수법이 똑같구먼. 다른 건 또 없나?"

막내 형사가 자기도 둘러봤다며 옆에 붙어 맞장구를 치며 말한다.

"범행도구 역시 같은 칼인 것 같습니다."

"제기랄, 아니 여기 뭐 볼 게 있다고 와서 뒈지냔 말이야."

"그러게 말입니다. 이전 사건도 아직 해결하지 못했는데, 골치 아플 것 같습니다."

"일단 현장에 증거가 될 만한 것이 있는지 꼼꼼하게 찾아봐야지. 그리고 탐문수사 범위도 더 확대해 보자."

"저희 팀이 전부 처리할 수 있을까요?"

"서장님한테 인력지원 부탁드려야지 어쩌겠냐."

눈치 빠른 막내가 재빠르게 지난 사건으로 많이 힘들었다는 티를 냈다.

"이번 기회에 지원 좀 팍팍해주셨으면 좋겠네요."

"자식아, 일부러 안 해 주냐? 나도 너희 고생하는 거 싫다. 들어가서 잘 얘기해 보마."

"역시, 반장님밖에 없습니다."

공 반장은 천천히 주변을 살펴보았다. 죽은 남자의 사체는 실오라기 하나 걸치지 않은 나체 상태로 손과 발은 가죽 수갑으로 묶여 있었다. 빠져나오려 얼마나 발버둥을 쳤는지 선명한 핏자국이 손목과 발목에 남아 있는 것이 보였다. 팔과 다리에는 1~2cm 정도 크기의 작은 칼자국과 피가 굳은 자국이 있었고, 몸통으로 내려갈수록 칼자국이 더욱 굵어져 4~5cm 정도로 커져 있었다. 또 양초가 녹아 굳어진 자국들이 허벅지와 몸통에 여러 개 있었다. 그리고 범행 중 분노가 폭발한 것처럼 가슴에는 많은 칼자국이 있어 차마 눈을 뜨고 보기 힘들 정도였다.

사체의 얼굴로 천천히 시선을 돌리니 입에는 양말이 쑤셔 박혀 있었고 피와 눈물, 콧물이 얼룩진 자국이 보였다. 그중에서도 가장 눈에 띄고 충격적인 것은 귀가 위쪽부터 반 이상 잘려서 떨어질 듯 말 듯 대롱대롱 매달려 있는 것이었다.

첫 번째 살인사건이 머릿속에 떠올랐다. 지금과 똑같은 양초 자국과 칼자국이 있었고 피해자의 입에는 양말이 박힌 채 코가 위쪽부터 잘려 떨어질 듯, 말 듯 매달려 있었었다. 그때는 그저 분노를 표출하기 위한 방법이라고 생각했었지만, 이번 사건을 계기로 확실하게 알 수 있었다.

'이것은 우발적인 범행이 아니다. 준비되고 계획된, 분명한 이유가 있는 범행이다.'

명백한 연쇄살인범의 소행이라는 확신이 들었다. 온몸에 나

있는 상처들의 크기 역시 지난 사건과 동일한 것으로 보아 살해 도구는 칼이라는 것을 알 수 있었지만, 현장에서는 발견되지 않았다. 침대 시트는 피로 붉게 물들어 원래의 색을 알아보기 힘들었다.

피해자의 체격은 대략 170센티 중반의 덩치가 있는 체격이라 몸싸움을 하더라도 쉽게 지지 않았을 것으로 예상되었다. 그렇다면 아마도 무방비 상태에서 아무런 대응도 하지 못하고 살해당했을 것이다.

아무리 방을 훑어보아도 시체 이외엔 특별하게 눈에 들어오는 특이점은 발견할 수 없었고 화장실마저 깨끗했다. 그렇다면 피해자와 면식범이라는 말도 된다. 지난번과 마찬가지로 단서가 발견될 희망은 보이지 않았다.

"목격자는?"

몸을 수구려 침대 밑을 확인하고 있는 김 형사에게 다가가 말을 걸었다. 그가 일어서며 대답했다.

“모텔 주인입니다. 퇴실 시간이 지났는데도 전화도 안 받고 나오지도 않아서 문을 열고 들어왔더니 이 상태였다고 합니다.”

“누구랑 들어왔는지는 확인했고?”

“그게, 여자와 함께 온 것 같다고 하는데, 자세히 보지는 못했다고 합니다. 워낙 비슷한 커플들이 들락날락하니, 특별히 기억할 만한 특징도 없었다고 합니다.”

“하, 쓸 만한 단서가 없다는 거군. 우선 현장 빠짐없이 살펴보고, 주변 탐문도 하고, 고생 좀 해줘라. 김 형사”

“예~ 최대한 찾아보겠습니다.”

“나는 들어가서 서장님 먼저 봬야겠다. 간다. 수고해”

“예, 알겠습니다. 들어 가십쇼.”

주변을 한 번 더 훑어보아도 단서가 될 만한 것은 없었다. 공 반장은 목격자에게 자세한 이야기를 듣기 위해 1층으로 내려가 안내 데스크로 향했다. 검은 머리와 흰머리가 섞여 5~60대로 추정되는 사장 부부가 함께 앉아있었다.

"안녕하십니까. 은천 경찰서 공영진 반장입니다."

예전에 술 취한 손님 건으로 만나 인사한 적 있는 사장이 퉁명스러운 목소리로 대답했다.

"어라, 공 반장님이시네?"

"오랜만에 뵙네요. 사장님, 어떻게 된 건지 얘기 좀 해주세요."

정 사장은 격양된 목소리로 소리치며 이야기한다.

"아까 김 형사님한테 다 이야기했는데 뭘 또 얘기합니까? 아니. 지금 뭐 하자는 거예요? 공 반장님. 빨리 현장 정리나 해주세요. 안 그래도 손님 없는데. 이거 소문 다 퍼지면 우린 장사 접으라는 거지…. 에잇. 진짜 재수가 없을라니까."

"정 사장님. 서에 한 번 나오셔야 해요. 아시죠? 우리도 최대한 빨리 정리하고 싶어요. 정 사장님이 협조를 잘해주셔야 빨리 정리가 되죠. 한 번 더 천천히 생각해보시고 뭐라도 생각나는 게 있으면 바로 연락 주세요."

정 사장은 자포자기한 듯 크게 한숨을 쉬며 대답한다.

"어휴~ 예. 알았어요. 연락드릴게."

공 반장은 경찰서로 돌아왔다. 이번 여름에 벌어진 사건과 함께 차분히 생각을 정리해 보았지만 떠오르는 것은 몇 안 되는 인원으로 여름 내내 이리저리 뛰어다니느라 지친 기억뿐이다. 막내 말대로 일단 지원이 필요했다. 먼저 서장에게 보고하고 부딪쳐 보는 수밖에 없다는 생각에 서장실로 향했다.

서장실 문 앞에서 어떻게 설명해야 할지 정리를 마친 후 길게 심호흡을 하고 노크를 했다. 십 년이 넘게 들락거린 서장실이었건만, 오늘따라 문 두드리기가 힘들었다.

"똑똑똑"

문 안쪽에서 서장의 목소리가 들려왔다.

"들어와."

문을 열고 들어가니 서장은 창밖을 바라보며 뿌연 연기를 내뱉고 있었다.

"다녀왔습니다. 이번 사건도 지난번 사건과 관련이 있는 것 같습니다."

"후~ 제기랄, 지난번에도 밖으로 새나가지 않게 입단속 시키느냐 힘들었는데, 도대체 넌 뭐 하고 다니는 거냐?"

"단서가 될 만한 게 전혀 나오지 않았습니다. 게다가 인력이 워낙 부족해서…."

공 반장이 말끝을 흐리자 서장은 담배를 비벼 끄고는 차분하게 말한다.

"지원인력 추가해줄 테니까 관련 있는 놈 한 명 잡아다가 대충 마무리하자"

서장 마음대로 덮을 수 있는 규모의 사건이 아니었다. 공 반장은 자신의 판단을 믿고 말을 이어갔다.

"서장님 심상치 않습니다. 지금이라도 상부로 수사 요청 올리는 게 어떨까 싶습니다."

서장은 복잡한 심경을 토로하듯 언성을 높이며 말한다.

"야! 여기 은천이라고 은천! 여기가 서울이냐? 몇 명이 죽어도 이런 지방 구석 도시에서 일어난 사건은 매스컴에 올라오지 않는다고, 일부러 시선 끌어서 뭐 하게? 그냥 우리 조용히 있자. 내년에 시장 선거도 있고 지역 이미지도 생각해야지 뭐 좋은 소식이라고 매스컴을 태울래? 뭐 연쇄살인마? 지역 이미지 다 말아먹을 일 있냐? 어차피 이번에도 이 시장이 유력한데 잘 풀리고 있는 선거판에 돌 던지지 말자! 정 안 풀리면 선거 끝나고 재수사 들어가더라도 우선은 일 키우지 말자고"

서장의 말에 공 반장은 조용히 대답했다.

"예, 알고 있습니다. 최대한 조용히 진행 시키겠습니다. 그런데 피해자가 외지인이라 저희 애들 가지고는 역부족이라는 거 아시지 않습니까? 지난번에도 저희 팀 애들만 뺑이치고, 힘들어서 저도 죽겠습니다. 인력 보충이라도 해주셔야 합니다."

"알았어, 애들 추가해 줄 테니까 빨리 나가서 조용히 마무리 지어와!"

사무실로 돌아온 공 반장은 자리에 앉아 지난 첫 번째 사건 파일을 다시 열었다.

2002년 여름. 첫 번째 피해자

「성명: 현종철

나이: 33세

직업: 회사원

주소: 인천시 부평구 부개동

–인천에서 혼자 살고 있으며 차로 30분 거리에 있는 작은 화장품 공장에서 대리로 일 하고 있음.

–부모님은 강원도 횡성에서 축사를 운영 중이며 명절을 제외하고는 고향에 거의 내려오지 않았고 올해 설날에 본 것이 마지막이라고 함.

–평소 부모님에게 연락을 자주 하지 않으며 부모님은 별 탈 없이 지내고 있는 것으로 알고 있음.

–직원들과의 관계는 전반적으로 완만한 것으로 알려짐. 그러나 몇몇

직급이 낮은 직원들에게는 트집을 잡거나 욕설을 하는 경우가 종종 있다고 함.

–친하게 지내는 친구들은 그를 의리 있고 재미있는 친구라고 함.

–유흥을 아주 좋아하며 술만 먹으면 돌변해 가끔 문제를 일으켰다고 함.

–주변 사람들의 전반적인 평가로 비추어 볼 때, 살해를 당할 정도의 원한 관계는 없을 것이라고 추측됨.」

지난번 사건에서는 몇 안 되는 인력으로 지원도 못 받고 타 지역을 돌아다니며 은밀하게 조사를 진행하느라 첫 번째 피해자를 파악하는데 오랜 시간이 걸렸다. 게다가 아직 단서 하나 제대로 잡지 못하고 있는 상황인데, 이렇게 두 번째 사건이 터져버렸다.

공 반장은 어떻게 이 난관을 헤쳐 나가야 할지 머리가 아파왔다. 용의자를 특정할 수 있을지도 의문이었다. 형사 옷을 입은 지 20년이 넘었지만, 이렇게 살인사건을 전담해 본 경험은 손에 꼽았고 연쇄살인은 말로만 들었지 본인이 담당하게 될 줄은 상상조차 해본 적이 없었다. 조용히 생각에 잠겨 있는데 누군가 들어왔다. 험악한 인상으로 형사보다는 오히려 조폭으로 오해받는 이창수 형사였다.

"반장님 이게 어찌 된 일입니까? 아직 용의자도 찾지 못했는데, 또 사건이라니요."

"그러게 말이다. 뭐 건진 건 있냐?"

"너무 깨끗해요. 딱히 더 만나봐야 할 주변인이 있을까 싶어요."

"서장님이 지원인력 추가로 배치해 주신다고 하니까 애들 모이면 회의 좀 해보자."

"승현이랑 상호는 언제쯤 오는데요?"

"금방 올 거야. 거기도 얼추 마무리 중이었고, 첫 번째 사건부터 다시 훑어보자"

"처음부터 같은 짓을 또 해야 한다니 어휴, 젠장."

"어쩌겠냐 조용히 해결하라는데, 뭐라도 나오면 좋으련만… 나도 어떻게 해야 할지 모르겠다. 하라면 해야지."

옆에서 가만히 듣고 있던 박동주 형사가 말했다.

"반장님 이번 사건도 동일범 소행이라고 가정한다면 피해자 둘의 공통점이 있을 테니 공통점을 찾으면 해결책을 찾을 수 있지 않을까요?"

"그렇겠지, 그것부터 시작해 봐야지. 아직 두 번째 피해자 신원파악 하려면 시간이 걸릴 테니 둘 다 범인 잡을 생각 좀 하고 있어."

저녁 무렵이 되자 김승현 형사와 막내가 돌아왔다. 피곤한

기색이 역력한 김 형사가 다가와 이야기한다.

"반장님, 이번에도 범인을 특정할 만한 증거품은 없었습니다. 살해 방법은 지난번 사건과 거의 똑같습니다. 그리고 여기 잘려있던 신분증 복구했습니다. 휴, 지난번에도 조각을 내놓아서 힘들게 하더니 요번에도 애 좀 먹었습니다."

오래전 발급받은 듯 앳된 얼굴의 사진이 박힌 신분증 옆에는 박정호라는 이름과 함께 경기도 하남시로 쓰인 주소 지가 보였다. 옆에서 슬쩍 보고 있던 이 형사가 말했다.

"이놈은 왜 여기까지 내려와서 이런 봉변을 당했는지 모르겠네요."

듣고 있던 박 형사도 지긋지긋하다는 투로 말한다.

"이번엔 하남으로 가야겠네, 어휴~ 이번 달도 집에 들어가긴 글렀네, 글렀어."

자리로 돌아가던 김 형사 역시 한마디 한다.

"반장님, 지원인력은 언제쯤 오나요?"

서장님이 보내준다고는 했지만, 확신이 들지 않는 공 반장은 힘없이 대답했다.

"와야 오나 보다지…."

사무실 분위기가 싸해졌다. 분위기를 전환하고자 말을 이어나갔다.

"퇴근 시간 다 됐다. 한동안 고생해야 하니까 든든하게 고기나 먹고 집에서 푹 쉬고 오자. 어서 짐 챙겨서 나와라."

다들 힘없이 대답했다.

"예"

2

형사

시장 입구에 위치한 뒷고기 집 문을 열고 들어가 앉으며 행동 대장인 이 형사가 평소처럼 우렁찬 소리로 외쳤다.

"이모 여기 뒷고기 5인분이랑 소주 3병 주세요."

주인아주머니는 얼굴을 삐쭉 내밀어 이 형사 얼굴을 보더니 싱긋 웃고는 고개를 끄덕였다. 공 반장은 자리를 잡고 앉아 팀원들의 사기 증진을 위해 소주를 한 잔씩 따라주며 입을 열었다.

“나도 이게 무슨 일인가 싶다만, 다 같이 짱구 한번 제대로 굴려서 이번에는 꼭 잡고 우리도 승진 한번 해보자.”

박 형사가 한숨을 쉬며 대답한다.

“휴~ 반장님 주변 탐문 시작한 지도 벌써 몇 개월이 지났는데 용의자를 특정할 만한 정보가 없어서 너무 힘듭니다.”

공 반장 또한 같은 생각이지만 이번에는 조금 달랐다.

“두 사건은 분명 연관이 있어. 두 번째 피해자를 탐문하다 보면 분명 무언가 공통점을 찾을 수 있을 거야. 힘내보자.”

박 형사가 공 반장의 말에 토를 달려 하자 옆에 있던 이 형사가 눈치를 주었고 때마침 주인아주머니가 상을 차려 주시며 한마디 했다.

“다들 오랜만에도 왔네. 요즘 무슨 일 있어? 얼굴 보기가 힘들어."

"하하, 동네 지키느냐 바쁘죠."

주인아주머니는 "에구, 다들 고생이 많네! 많이들 먹고 힘내"라는 말과 함께 뜨겁게 달궈진 불판 위로 고기를 올려주었다. 공 반장은 소주를 한 잔씩 따라주며 이야기를 시작했다.

"자 일단 오늘은 마시고 내일부터 열심히 해보자"

"예"

"이 새키들 목소리 봐라. 힘내자고 왔더니만 다들 목소리가 이게 뭐냐?!"

팀원들은 마지못해 우렁차게 대답했다.

"예, 알겠습니다!"

"좋아! 그런 의미에서 내일은 동주가 막내 데리고 하남시로 넘어가서 조사하고, 창수가 승현이랑 현장 수사 진행해."

박 형사가 발끈해서 대답한다.

"반장님, 저 오늘 인천에서 내려왔는데 내일 또 나가라는 것은 너무하신 것 아닙니까?"

"참 내, 뭐 우리는 여기서 꿀 빨고 놀았다는 겁니까? 여기도 바빠요."

받아치는 김 형사의 말에 박 형사가 식탁을 '쾅' 치며 목소리가 커졌다.

"어이 김승현, 너 많이 컸다. 인마 너는 처자식이라도 없지 난 애들 못 본 지가 벌써 보름이 넘었다고. 그리고 막말로 타지 다니는 게…."

"그만"

공 반장은 흥분한 박 형사의 말을 끊었다.

"너희 고생하는 건 충분히 알고 있다. 같은 팀끼리 이게 뭐냐. 이 정도도 이해 못 해? 서로 힘든 거 아니까 다들 협력해서 빨리 범인 잡자는 거잖아! 하루 이틀도 아니고 그만하자."

잠시 침묵이 흐르고, 김 형사가 먼저 말을 꺼냈다.

"죄송합니다. 박 형사님"

마지못해 박 형사도 답했다.

"후~ 나도 모르게 흥분했다. 미안하다."

다시금 조용해지는 분위기를 바꾸기 위해 공 반장은 괜한 헛기침을 하고는 이야기를 시작했다.

"흠흠…. 아무튼, 내일부터 조금 더 힘내서 사소한 단서라도 찾아보자고, 도대체 어떤 새끼인지, 왜 이런 촌구석까지 와서 사람을 죽였는지! 우리를 이렇게 개고생 시킨 놈 상판 한번 보고 싶지 않냐?"

조용히 앉아있던 이 형사가 진지한 얼굴로 입을 열었다.

"피해자나 살인자나 둘 다 취향이 참 특이한 것 같아요. 아마 변태들이겠죠?"

공 반장 역시 살면서 상상해 보지 못했던 취향이라 머리를 긁적이며 말했다.

"그렇지, 서로 묶어놓고 그런 것들이 흔한 일은 아니지."

"그러니까요. 피해자들은 어떤 여자를 만나왔기에 성향이 그렇게 되었을까요?"

“성향도 성향이지만, 두 명 모두 특정 신체 부위가 반만 잘려서 매달려있는 게 너무 잔인하지 않습니까? 현종철은 코가, 박정호는 귀가 잘렸는데 특이점으로 비추어 봤을 때 무언가 분명 사연이 있는 것으로 보입니다. 그로 인한 원한 관계일 수도 있고요.”

곰곰이 생각하던 박 형사가 질문에 답하자 막내는 맞장구치며 박 형사를 치켜세웠다.

“맞네! 맞아 원한 관계가 분명하네! 역시 박 형사님의 추리력은 대단하다니깐.”

공 반장은 고개를 끄덕이며 엄지를 세워 칭찬한 후 막내에게 질문을 던졌다.

“그래서 막내야, 네가 보기엔 어떤 것 같으냐?”

고기를 열심히 먹으며 리액션을 취하고 있던 막내는 갑작스러운 질문에 당황한 듯 눈이 동그래지더니 황급히 젓가락을 내려두고 수첩을 꺼내 들며 이야기했다.

"반장님, 그러니까 제가 정리를 조금 해봤는데요. 피해자가 모텔에서 발견이 되고, 전부 남자들인 걸 보면 아무래도 범인이 여자일 것 같습니다. 또 비슷한 방식으로 사건이 발생 되는 걸 보아 아마도 과거에도 살인을 해봤던 전문가인 것 같습니다."

박 형사가 웃으며 말한다.

"어이구, 우리 막내가 영화를 참 많이도 봤네. 넌 사람 죽이는 게 그렇게 쉬운 줄 아니?"

공 반장 역시 웃으며 말했다.

"좋아! 이번 대롱이 사건은 모두의 의견을 반영해서 다양성을 열어두고 파헤쳐 보자고. 하하하"

분위기는 금세 화기애애해졌고 서로 웃으면서 떠들어댔다. 불판 위의 맛있게 익은 고기들은 점차 동료들의 뱃속을 채워나갔고, 빈 소주병도 하나둘씩 늘어만 갔다. 얼추 식사가 끝난 듯 젓가락을 내려놓자 공 반장은 자리에서 일어나며 말했다.

"자자, 다들 오늘은 여기까지 하고 내일부터는 고생 시작이니까 일찍 들어가자."

"아이~ 반장님 오래간만에 이렇게 모였는데, 벌써 일어나시면 어떡합니까!"

이 형사의 말에 공 반장은 지갑에서 현금을 꺼내 식탁에 쓱 올려놓으며 말했다.

"나머지는 알아서 하고 나는 먼저 들어간다."

이 형사가 얼른 돈을 챙기며 대답한다.

"조금만 놀다 들어가겠습니다. 충성" 다들 한마디씩 하는 인사를 뒤로한 채 공 반장은 밖으로 나와 집으로 향했다.

집으로 향하는 내내 그의 머릿속은 온통 이번 사건에 대한 생각뿐이었다.

'일단 우리 애들은 현장으로 보내고, 지원인력이 오면 주변 지역에 비슷한 살인사건이나 미제 사건이 있는지 자료조사를 시켜야겠다.'

공 반장은 가장 가까운 양평 경찰서부터 방문해서 협조 요청을 하고 인근 지역을 순차적으로 방문해야겠다고 생각했다.

어느새 집 앞에 도착한 공 반장은 엘리베이터를 타고 집으로 올라갔다. 문을 열고 들어가자 아내가 무심하게 물었다.

"저녁은?"

“먹었지. 애들은?”

“공부하고 있지. 오늘은 별일 없었어?”

“또 사건이야.”

와이프는 깜짝 놀란 듯 목소리가 조금 커졌다.

“뭐라고, 또 살인사건이야?”

“목소리 좀 낮춰. 그래 이거 아주 지독하게 됐다고. 밖에 나 돌아다니지 말고 입조심 하라고”

와이프는 목소리를 낮추어 대답했다.

“무슨 내가 어딜 다닌다고. 그나저나 또 남자야?”

“그래. 그래도 항상 조심하라고.”

"알았어, 자세히 좀 이야기해 봐."

"됐어, 뭘 알려고 그래."

"당분간 집에 못 들어오겠네?"

"그렇지, 오늘은 일찍 잘 거니까 내일 가져갈 짐 좀 챙겨줘"

와이프는 음흉한 얼굴로 가까이 다가와 귓속말로 이야기한다.

"짐 챙겨 놓을 테니까 어서 씻고 와~"

공 반장은 헛기침을 하며 마지못해 대답했다.

"으음 알았어, 씻고 올게"

3 경찰서

알람 소리에 잠이 깬 공 반장은 무거운 몸을 이끌고 서둘러 경찰서로 향했다. 사무실로 들어가니 아직도 숙취가 가득한 표정의 팀원들이 인사를 했다.

"반장님 오셨습니까."

사무실에는 어제 마신 술 냄새가 둥둥 떠다니는 것 같았다.

"도대체 어제 얼마나 먹은 거냐? 창문 열고 환기 좀 시켜라."

"그냥 노래방에서 간단히 맥주만 먹고 다들 집에 갔죠. 뭐~"

공 반장은 피식 웃으며 둘러대는 이 형사의 말에 어이가 없어 되물었다.

"얼굴만 보면 밤새 술 마신 사람들 같은데? 맥주만 마신 거 맞아?"

이 형사는 조금 찔리는 듯 막내에게 질문을 넘겼다.

"상호야 안 그러냐? 우리 맥주 조금 먹고 집에 들어갔잖아."

막내는 퀭한 표정으로 대답했다.

"예! 맥주 조금 먹고 집에 갔습니다."

다들 많이 피곤해 보였지만, 해야 할 업무가 많으므로 바로 지시를 내렸다.

“일단 어제 이야기한 것처럼 동주랑 상호가 하남시에 가서 피해자 가족 만나서 이야기 잘해보고, 창수랑 승현이는 현장 가서 주변 목격자 있나 한 번 더 파악하고 단서가 될 만한 것 있는지, 혹시 놓친 건 없는지 확인해 보고. 자, 그럼 서둘러 움직이자.”

“예~”

다들 목소리만 힘차게 대답할 뿐 재빠르게 움직이지 않았다. 각자 물건을 챙겨 우르르 몰려나가는 형사들을 뒤로하고 공 반장은 인력을 지원해 주는지 확인해 볼 겸 서장실로 발걸음을 돌리려 했고 때마침 웅성거리는 소리와 함께 정문 앞에서 자주 보던 각 부서의 막내들이 얼굴을 들이밀었다. 모두 자신이 왜 여기 있어야 하는지 모르는 듯 뿌루퉁한 표정이었다.

“충성! 오늘부터 강력반을 지원하게 되었습니다.”

“하~”

공 반장은 한숨밖에 나오지 않았다. 정문 앞에서 경례나 하고 순찰이나 돌던 신입 애들로 뭘 어쩌라는 건지….

"그래, 다들 빈자리에 앉아라. 대충 들어서 알겠지만, 상황이 굉장히 심각하게 돌아가고 있다. 너희는 예전에 있었던 미해결 사건과 현재 사건 자료를 비교하고 비슷한 유형의 살인사건이 있는지 확인 및 자료 정리만 해주면 된다. 다른 팀 지원은 처음이라 당황스럽겠지만, 심각한 사안이다 보니 다들 힘 좀 써주길 바란다."

교통과 오 순경이 손을 들어 질문했다.

"반장님, 이것도 실적에 반영되는 건가요?"

공 반장은 당돌한 질문에 요즘 것들은 버릇이 없다는 생각을 하며 대답했다.

"범인 잡으면 다들 실적이랑 포상에, 운 좋으면 진급까지도 가능할 거다."

다들 조금은 눈빛이 적극적으로 바뀐 것 같았다.

"그럼 정 순경과 오 순경이 미제 사건을 중심으로 자료를 찾아보고 김 순경 둘은 비슷한 유형의 살인사건이 있는지 자료를 찾아보도록."

"예, 알겠습니다."

다들 목소리에 힘이 들어가 씩씩하게 대답했다.

공 반장은 어제 생각해 둔 것처럼, 인접한 지역인 양평부터 찾아가서 정보를 구하기로 했다. '계획된 복수형 연쇄살인이라면, 다른 지역에서도 비슷한 연쇄살인 사건이 있었는지 그리고 우리와 비슷한 상황에 처한 경찰서들이 혹시라도 있지 않을까' 라는 판단을 한 것이다.

"나는 나갔다 올 테니까 자료들 찾고 있어. 저녁 전까지 올 거다. 서 순경 너는 따라오고."

다들 집중한 듯 어영부영 대답했다.

"네, 다녀오세요."

차를 타고 은천시와 인접한 도시인 양평으로 향했다. 살인사건은 처음이어서 긴장하고 있는 서 순경에게 질문을 건넸다.

"서 순경이 정보과지? 어떻게 할 만한가?"

그는 당황한 듯 대답했다.

"네, 다들 잘 챙겨주셔서 잘 적응하고 있습니다."

"긴장하지 말라고. 온 지 벌써 6개월 정도 된 것 같은데 항상 밝은 모습으로 열심히 하는 게 보기 좋아서 물어보는 거야."

그는 조금 누그러진 듯 한결 밝아진 목소리로 대답했다.

“좋게 봐주셔서 감사합니다.”

“너희 반장 꼭 삽살개처럼 생기지 않았냐?”

그는 피식 웃음이 새어 나오는 것을 막으며 대답했다.

“아닙니다.”

“아니긴 자식. 그래도 성격은 둥글둥글해서 배울 점은 많을 거야.”

이런저런 경찰서생활을 이야기하다보니 어느새 양평 경찰서에 도착했다. 내리기 전 공 반장은 당부했다.

“서 순경. 워낙 민감한 사항이라 저쪽에서도 경계하고 정보를 안 줄 수도 있으니까. 옆에 딱 붙어서 잘 귀담아듣고 있다가 끝나고 차에 와서 정리하자고.”

그는 조금 긴장한 듯 떨리는 목소리로 대답했다.

“예, 알겠습니다.”

경찰서로 들어가 수사과를 찾아갔다. 노크하고 들어가니 막내로 보이는 남자 한 명이 말을 건넸다.

“무슨 일로 오셨습니까?”

공 반장은 준비해온 음료수를 건네며 대답했다.

“은천 경찰서 공 경감이라고 합니다. 수사협조를 위해 들렸는데 강력반이 어느 쪽이죠?”

막내로 보이던 남성이 경례를 한 후 음료수를 받으며 강력반 위치를 알려주었고 발길을 돌려보니 낯익은 얼굴들이 보였다.

공 반장은 창가 상석에 앉아있는 사내에게 다가가 말을 걸었다.

“오랜만입니다. 기억하실지 모르겠는데 공영진 경감이라고 합니다.”

사내는 조금 놀라며 자리에서 일어나 악수를 청했다.

“어이구. 당연히 기억하죠. 여기까지는 어인 일로….”

사무실을 쭉 둘러보니 꾀나 많은 인력이 있었고 주변의 시선을 의식 할 수밖에 없어 조용히 말을 꺼냈다.

“실례가 안 된다면 조용한 곳으로 가서 이야기를 좀 나누고 싶은데 가능할까요?”

그는 대수롭지 않은 듯 대답했다.

“무슨 일 이 시기에…. 다들 자기 할 일들 하느냐 바빠서 여기서 이야기하셔도 됩니다."

공 반장은 기분이 조금 나빴지만 도움을 청하는 처지라 목소리를 낮추어 솔직하게 이야기를 꺼냈다.

"우리 지역에서 연쇄살인이 일어났는데 혹시 이곳에서도 비슷한 사건이 일어난 적이 있는지 확인하고 싶어서 왔습니다."

그는 조금 놀란 듯 눈이 동그래지며 헛기침을 한 뒤, 차분하게 대답했다.

"아니, 그런 사건이 있었다고요? 으흠, 아시다시피 여기는 강력사건 자체가 별로 없는 지역입니다. 더군다나 연쇄살인은 더더욱 일어난 적이 없습니다. 막내야 여기 최근 살인사건 파일 전부 다 가져와 봐라."

그는 뭔가 불길하다고 생각하는지 부리나케 자료를 건네주었다.

“혹시, 이 자료들을 요약해서 가져가고 싶은데 그래도 될까요?”

“물론이죠. 식구끼리 도와야죠.”

말은 친절했지만, 표정에서 골치 아픈 일 만들지 말고 어서 떠났으면 하는 눈치로 보였다. 자료들을 대략 훑어봐도 우발적 살인 이외에는 계획적 살인이라고 생각되는 정보는 존재하지 않았다. 서 순경에게 자료를 요약하라고 시켜두고 그와 잠시 이야기를 나누었다.

그는 살인사건이 흔한 일도 아닌데, 성인 남성을 대상으로 연쇄살인이 일어나고 있다는 것에 대해 상당히 이해하기 어렵다는 눈치였고 형식상의 조언만 해줄 뿐이었다.

자료 정리를 마치고 돌아오는 차 안에서 서 순경과 이야기를 해보았지만, 이곳 역시 살인사건 같은 강력 범죄는 몇 건 되지 않았고 그마저도 모두 우발적 살인이었다.

공 반장은 경찰서로 돌아와 남아있던 순경들이 정리한 자료들을 확인해 보았지만 도움이 될 만한 정보는 없었다.

피해자들의 가족이나 주변인들 중 용의자로 추정할 만한 인물을 찾기는 힘들었다. 한정된 인원으로 가족, 친척, 직장동료, 친구, 기타 주변인들까지 모두 탐문 수사를 한다는 건 쉽지 않았다. 게다가 모두 이런 사건은 처음이라 사건과 연관 지을 수 있는 단서를 파악하기란 참으로 어려운 일이었다. 한 달이라는 시간이 지나갈 무렵 두 번째 피해자의 주변 조사가 얼추 마무리되었다.

2002년 가을, 두 번째 피해자

「성명: 박정호

나이: 32세

직업: 요리사

주소: 경기도 하남시 덕풍동

-현재 임신 중인 아내와 3세 딸을 키우고 있음.

-부모님은 태안군에서 어업을 하며 살고 있으며 결혼 후에는 명절에 도 내려오지 않았다고 함.

-잠실의 일본 음식점에서 요리를 배우며 주방보조로 근무 중.

-급여 문제로 사장과의 갈등이 있었다고 함. 문제가 될 만한 수준은 아님.

-직장 동료들과 술을 먹으면 허세를 부리거나 가끔 폭력성이 두드러질 때가 있었으나 큰 소동을 일으킨 적은 없다고 함.

-친구들과 노는 것을 워낙 좋아하였고 결혼하기 전까지 방탕한 생활을 하였음.

-더 상세한 주변 탐색과 정보가 필요함. 현재까지는 크게 눈여겨볼 만한 정황은 포착되지 않음.」

그동안 공 반장 역시 하남, 이천, 남양주 등 인근 지역의 경찰서를 방문하여 살인사건과 미제 사건 자료를 받아보았으나 양평 경찰서와 마찬가지로 눈에 띄는 특별한 사건들은 없었다.

4

한여름의 계곡

복수만 아니었더라면 이렇게 별 볼일 없는 남자와 주말을 보낼 일은 없었을 것이다. 지금 당장이라도 목을 비틀어 지옥으로 보내주고 싶다는 생각이 치밀었지만, 나는 완벽한 계획을 위해서 참아야 했다. 그는 뭐가 그리 신이 났는지 운전하는 내내 침을 튀겨가며 떠들어댔다.

"군대에서 받는 훈련이 얼마나 힘든지 모를 거예요. 3년은 다녀와야지 진짜 군대 생활했다고 하죠. 요즘 군대는 군대도 아니죠. 애들 여름 방학 캠프지 캠프! 이래서야 전쟁이라도 나면 애들이 총이나 쏠 수 있을지 걱정이에요, 걱정. 하지만 수연 씨는 걱정 말아요. 어떤 일이 있어도 제가 지켜줄게요."

'너 같은 새끼는 북한으로 군대를 보내야 해'라고 목구멍까지 말이 나왔지만 참아내며 맞장구를 쳤다.

"그렇죠. 시대가 변한다고 위협이 줄어드는 건 아니니까요. 종철씨 군 생활은 어땠어요?"

"이런 말 하긴 조금 쑥스럽지만, 저야 뭐 부대에서 없어서는 안 될 존재였죠. 진짜 전역하는 날 간부들이 가지 말라고 눈물을 흘릴 정도였어요."

"어머 정말요? 군대가 체질이셨나 보다~"

"제가 뭐 워낙 적응을 잘하는 사람이라. 어딜 가서든 일 못한다는 소리는 들어본 적이 없어요. 후후, 그래서 이렇게 수연 씨랑 즐거운 시간을 보낼 수 있는 거죠."

이 남자와 연애를 시작하기까지는 오랜 시간이 걸리지 않았다. 아름답게 변한 나의 모습을 이 남자는 전혀 알아채지 못했고, 우연을 가장한 몇 번의 마주침과 관심 있는 듯한 나의 말 몇 마디에 그는 적극적으로 나와 만나기 위해 노력했다.

시원한 계곡에 발을 담그고 싶다고 하자, 자신이 알고 있는 좋은 계곡이 있다고 말하며 주말여행을 제안했고 이렇게 그가 군 생활을 하며 알게 되었다는 은천시에 위치한 계곡으로 가는 중이었다.

가는 내내 자신의 군 생활에 대해 이야기를 하며 과거를 회상하는 그는 신이 난 모습이었다. 은천시는 동쪽 구석에 있는 작은 도시였지만, 서울을 벗어나 가장 가까이에서 자연을 느낄 수 있는 곳이었다. 양평이나 여주와 같은 특산물이나 유명한 산은 없었지만, 조용하고 푸른 산과 계곡을 볼 수 있는 곳이었다.

그렇게 도착한 만권산의 선녀 계곡은 깨끗한 물과 시원한 산바람으로 느지막한 여름 더위를 날려주었다. 우리는 근처 식당으로 향했고 계곡물에 발을 담그고 물장구도 치며 여느 연인들과 같은 데이트를 즐겼다.

시골 인심이 가득한 맛있는 닭백숙을 먹고 즐거운 시간을 보낸 우리는 해 질 무렵이 되자 차가운 계곡물에서 나와 어두운 산길을 벗어나 자연스럽게 인근 시내의 작은 모텔로 향했다.

방에 들어가자마자 현종철은 저돌적으로 키스를 퍼부었고, 나는 그런 그를 진정시키며 은밀한 제한을 했다.

"오늘 밤을 위해서 준비한 게 있는데…. 종철씨 내 가방 좀 가져다줄래요?"

나는 챙겨온 가방에서 안대와 밧줄, 양초 등을 꺼내며 말을 이어갔다.

"내가 종철씨에게 황홀한 밤을 선물하기 위해 준비해 왔어요."

우린 한 번도 관계를 맺은 적이 없었기에 그런 나의 모습을 본 현종철은 조금 당황한 기색이었다. 하지만 이날만을 기다려 왔던 사람이기에 흥분한 모습을 감추지 못하고 순순히 고개를 끄덕였다.

TV의 볼륨을 키우고 그에게 다가가 손발을 침대에 묶었다. 그리고 안대를 씌우고 그의 몸에 키스하며 촛농을 떨어뜨려 자극하였다.

"헉"

색다른 통증에 그는 신음 소리를 냈다. 놀란 듯했지만, 자신의 몸을 타고 오르는 통증이 나쁘지 않은 듯 절반쯤 벌린 입가에는 아픔인지 쾌감인지 알 수 없는 미소가 보였다.

나는 가방 안쪽에서 예리하게 갈려있는 칼을 꺼내어 들었다. 천천히 현종철의 몸을 타고 올라간 나는 그의 가슴과 배에 촛농을 떨어뜨리고 살며시 키스를 반복했다. 그는 색다른 경험이 주는 자극을 온몸으로 받아들이며 점점 거친 신음 소리를 내고 있었다.

현종철의 숨소리가 점점 거칠어질 때쯤, 나는 그의 몸에 살짝 칼을 댔다. 얇게 갈라진 하얀 피부 사이로 빨간 피가 이슬처럼 맺혔고 그는 놀랐는지 몸을 움찔했다.

하지만, 곧바로 상처를 핥는 나의 입술에 그는 신음 소리를 냈다. 그는 몸을 들썩이며 절정을 향해 다가가고 있는 듯 보였다.

그렇게 황홀함에 빠져들고 있는 그에게 나는 조용히 귓속말을 속삭였다. 부르르 떨리던 그의 몸이 한순간 얼음처럼 굳어 버렸다.

"뭐라고?"

너무 놀란 그는 욕지거리를 하며 침대에서 벗어나기 위해 온몸을 버둥댔다. 나는 옆에 벗겨져 굴러다니고 있는 그의 양말을 가져와 입안에 쑤셔 박아 입을 막았다.

"헙"

그리고 손과 발을 더 강하게 조여 묶은 후, 천천히 안대를 벗겼다. 그는 더 이상 커질 수 없을 만큼 크게 눈을 뜨고 나를 바라보았다. 그의 눈동자에는 놀라움과 공포가 함께 서려 있었다.

"읍, 으윽…."

천천히 그의 눈을 보며 한 손으로 머리를 강하게 휘어잡고 코를 칼로 반쯤 썰었다. 피가 사방으로 튀어나갔다. 온몸을 격하게 흔들며 저항하는 통에 코를 완전히 자르지 못했다. 대신 그의 가슴에 깊은 상처를 하나하나 새기기 시작했다.

나는 고통 속에 몸부림치는 그를 천천히 지켜보았고 어느덧 격렬하게 버둥거리던 현종철의 몸이 잠잠해졌다. 지난 기억들이 스쳐 지나갔다.

완벽히 숨이 끊어진 그를 뒤로하고 피로 물든 몸을 씻어냈다. 드디어 나의 완벽한 복수가 이루어진 것이다. 죄책감 따위는 없다. 오히려 후련해지는 마음에 기분이 좋았다.

'자, 이제 시작이야.'

빨리 다음 대상을 만나 똑같은 고통을 주고 싶다는 생각으로 머릿속이 가득 찼다. 나는 흥건하게 피가 밴 침대 시트 위에서 날카롭게 갈려있던 칼을 집어 들며 천천히 서두르지 않고 방을 정리해 나갔다. 이로써 나의 완벽한 범행은 시작되었다.

5

강물파

공 반장은 인근 지역에 비슷한 사건이 없는 걸로 보아 아마도 범인은 이곳에 살고 있는 여자일 수도 있다는 생각이 들었다.

'모텔, 성관계, 여자, 유흥업소, 업소 아가씨….'

두 사건 모두 성관계라는 공통점이 있기 때문에 일단 지역 내 유흥업소의 여자들부터 파악해 봐야겠다는 생각이 들었다. 그러자 자연스럽게 지역에서 활동하고 있는 강물파가 떠올랐다. 어느 지역이든 형사와 조폭은 떼려야 뗄 수 없는 관계였다.

'우선, 강물파 철민이부터 만나봐야겠다.'

강물파는 지역 내, 힘 좀 쓰는 건달 조직으로 학교 선후배들로 구성되어 겉으로는 은천시 대부분의 유흥업소와 용역회사를 운영하고 있는 법인이었다. 어디나 그렇듯이 모든 관공서와 유착 관계가 형성되어있어 관내에서는 나름 영향력이 있고, 강물파의 간부들 중에는 경찰 서장과 막역한 사이라는 말도 있었다. 그렇기에 마구잡이로 가서 파헤치기는 공 반장에게도 부담스러운 일이었다.

서장에게 정식 요청을 해볼까 생각도 했지만, 허가해 주지 않거나 정보가 새어나갈 가능성이 높았다. 최대한 서장의 귀에 안 들어가는 선에서 수사를 진행해야 했다. 공 반장 역시 이 지역에서 십여 년이 넘게 근무하다 보니 알고 지내는 몇몇 조직원이 있었다.

그를 만나기 위해 시내로 나가는 공 반장은 '앞으로도 몇 명이 더 죽어 나가는 건 아닐까? 이거 혹시 희대의 여자 연쇄살인 마가 탄생하는 것인가?' 하는 생각마저 들었다.

아무리 다르게 생각해보려 해도 이번 사건은 지난번 사건과 동일범의 소행으로 밖에 볼 수 없었다.

모든 정황이 남자들과 함께 모텔에 있었던 여자를 가리키고 있었다. 이 여자는 비슷한 또래의 남성들에게 무언가 알 수 없는 사연으로 자신이 복수를 하고 있음을 확실히 보여주고 있다. 이것이 내가 생각해 본 범인의 시나리오다. 순간 오싹한 느낌이 들었다.

'젠장, 영화를 너무 많이 봤나?'

머리를 세차게 흔들어 쓸데없는 생각을 털어내며 화려한 네온사인이 번쩍이는 대로로 들어섰다. 입구의 두어 명의 덩치들이 이상한 눈빛으로 공 반장을 쳐다봤지만, 그는 아랑곳하지 않고 바로 지하로 내려가 문을 열고 들어갔다.

"어서 오세요. 어머, 사장님 혼자 오셨어요? 일행이 있으신가요?"

나는 눈길 한번 주지 않고 주위를 둘러보며 답했다.

"철민이 나왔습니까?"

여직원은 당황한 듯 우물쭈물했고 제일 앞쪽 방에서 건장한 체격의 사내가 비아냥거리면 걸어 나왔다.

"대한민국을 지키는 분이 어인 일로 이런 누추한 곳까지 행차하셨습니까?"

그렇게 친한 사이는 아니라 환대를 기대한 것은 아니었지만 말투가 거슬렸다. 하지만 수사를 위해 최대한 친근하게 대답했다.

"오랜만이다. 철민아. 이야기 좀 하고 싶은데 시간 좀 내줄 수 있냐?"

"없는 시간도 쪼개서 내드려야죠. 방으로 들어오시죠."

방으로 들어가자 화려한 옷차림의 여자 직원들이 화장을 고치고 있었다.

“단둘이 이야기 하고 싶은데….”

그는 나를 슬쩍 흘겨보고는 직원들에게 말했다.

“야, 다 나가봐라”

직원들은 투덜거리며 밖으로 나갔다. 조용해진 방안엔 어색함이 찾아왔고 공 반장은 소파에 앉아 담배에 불을 붙이며 그에게 물었다.

“철민아, 요즘 시내 돌아가는 상황 알고 있지?”

그는 관심 없다는 표정으로 재떨이를 끌어다 공 반장 앞에 놓으며 말했다.

"대충 알고 있죠. 살인사건이 일어났다고."

"그나마 너니까 솔직하게 말해주는데 이게 심상치가 않아. 아무래도 범인이 여자인 것 같아"

그는 대수롭지 않은 듯 시큰둥하게 대답했다.

"그게 우리랑 무슨 상관입니까?"

"업소 여자일 가능성이 있다는 거지. 피해자들은 타지 사람인데 이 시골까지 와서 죽었다는 건 범인이 여기 사람일 가능성이 크다는 것이고, 여기서 만나서 바로 모텔까지 갈 수 있는 여자가 누구일 것 같냐?"

그는 생각지도 못한 듯 눈이 조금 커졌지만, 침착하게 이야기하려는 모습이 보였다.

"그래서 우리 애들이 죽였다는 겁니까?"

"그렇다는 건 아니지만 생각해 볼 수 있다는 거지, 혹시 의심 가는 사람이 있나 해서…."

"형님, 저희 애들은 다 착하고 불쌍한 애들이라고요. 잘못 짚으셨습니다."

"걱정되기도 하고 조심해서 나쁠 건 없으니까 이야기하는 거야. 혹시 아냐? 너도 모르는 미친년이 있을지"

아무렇지 않은 듯 말하는 그의 눈빛이 흔들렸다. 공 반장은 뭔가 있음을 느꼈지만 그는 속을 들키지 않으려는 듯 오히려 단호하게 말했다.

"에이, 형님 말씀이 지나치십니다. 그런 말 할 거면 가세요."

공 반장은 중요한 정보를 알려주듯 상체를 그에게 가까이 다가가며 말했다.

"이 여자 살인 동기가 아무래도 복수 같아. 남자들 죽인 방법이 평범하지가 않다니까 특히, 변태적 성향을 지녔어. 무슨 원한이 깊은지 남자만 잔인하게 도려내고 있다고, 남자에 대한 증오가 엄청나게 큰 것 같아. 그래서 말인데 혹시 의심 가는 여자가 있는지 내가 너희 애들 좀 한번 살펴보면 좋을 것 같은데…."

정적이 흐르고 그는 혼란한 듯 쇼파에 푹 기대어 앉아 고개를 들어 천장을 바라봤다. 여기서 다그치면 안 된다는 생각이 든 공 반장은 자리에서 일어나며 말했다.

"천천히 생각해 보고 나중에라도 꼭 연락해줘라."

문 앞으로 걸어나가려는 찰나 그가 다급한 목소리로 공 반장을 불러 세웠다.

"잠깐, 잠깐만요. 형님, 하~ 사실 최근에 변태 같은 년이 들어오긴 했습니다. 진짜 이년 때문에 성난 손님들 말리느냐고 곤란했던 게 한두 번이 아니에요. 글쎄, 이 년이 막 손님들한테 수갑을 채우려고 하지 않나, 채찍을 가져와 때리질 않나….
근데 또 웃긴 게 이 미친년만 찾는 변태 새끼들도 있더라고요.
하, 그래서 조금 고민이긴 했었는데….”

철민이의 이야기를 듣자마자 공 반장의 가슴이 세차게 뛰었다. 하지만 침착하고 냉정하게 판단하기 위해 심호흡을 한번 하고 질문했다.

“여기 온 지 얼마나 됐지? 또 고향은 어디지?”

“한 5개월 조금 넘은 것 같기는 한데, 고향은 어딘지 모르겠지만 여기 사람은 아니에요.”

가슴이 더욱 세차게 뛰었다. 침착해야 한다고 마음을 다잡았다. 첫 번째 사건이 일어난 시기가 8월이니까 충분히 가능성이 있다.

“신상 좀 알려줄 수 있겠냐? 아니면 그 여자 지금 어디 있는지 알 수 있냐?"

"그게…. 방금 손님이랑 나가서 아마 옆 모텔에 있을 겁니다."

지금 당장 그 여자를 잡으러 갈지, 아니면 천천히 지켜보며 수사를 할지 고민스러웠다. 그러나 이렇게 지체하고 있다가 또 사람이 죽어 나가면 안 되겠다는 판단이 들었다. 곧바로 이 형사에게 위치를 알려주고 철민이와 함께 곧장 모텔로 향했다.

모텔주인에게 신분증을 보여주며 수사협조를 요청했다. 철민이가 여자의 인상착의를 설명하자 주인은 단번에 알아듣고 방 번호를 알려주며 비상키를 건넸다. 계단으로 올라가 203호 문 앞에서 섰다.

문을 열기 전에 혹시 모를 상황에 대비해 총을 장전하고 철민이를 시켜 문을 열었다.

암막 커튼을 쳐두어 어둑한 방에는 싸구려 노란 조명 아래

알몸으로 묶여 있는 남자와 속이 훤하게 비치는 진한 빨간색 속옷 한 장만 걸친 여자가 마치 영화에 나오는 것처럼 채찍을 들고 서 있었다.

여자는 너무 놀랐는지 그대로 멈춰서 우리를 바라보며 소리를 질렀고 급하게 숨으려 했으나 총을 보고는 동작을 멈췄다.

생전 처음 보는 모습에 공 반장 또한 적잖이 당황했지만, 천천히 범인으로 의심되는 여자에게 총구를 겨누었다. 정황상 그녀가 살인범일 가능성이 충분하므로 그녀가 들고 있는 채찍을 버리게 한 후 수갑을 채웠다.

거의 벗었다고 봐야 할 여자에게 주변에 있던 옷가지를 대충 덮어씌우고 남자 또한 옷을 입힌 후 경찰서로 연행했다. 조사는 순조롭게 진행되었다. 그러나 여자의 신상 및 현재 거주하는 숙소를 털어보아도 뭐하나 나오는 것이 없었고 무엇보다 그녀의 알리바이는 확실했다.

사건이 일어난 시간과 날짜에 그녀는 가게에서 일을 하고 있었다. 그저 변태 성향을 가진 여자로 밝혀져 풀어 줄 수밖에 없었다.

이 일을 계기로 철민이와의 관계가 껄끄러워졌다. 다른 업소들을 조사하려고 시도해 보았으나 강물파의 관리 속에 사건과 연루될 만한 용의자는 전혀 없다고 선을 그었다.

게다가 서장은 대놓고 강물파를 들쑤시고 다니지 말라고 못을 박아 버렸기에 더 이상 조사를 진행할 수도 없었다. 수사는 난항으로 빠졌다.

시간은 계속 흘러만 갔고, 조사에 매진하고 있으나 제대로 된 실마리 하나 찾지 못했다. 위에서 어떻게 손을 쓴 것인지는 모르겠지만 매스컴이나 주변 사람들 모두 아무 일도 없었던 것처럼 평화롭게 지나가고 있는데 우리 사무실만 바쁘게 움직이는 것 같았다. 지원 나온 인력들의 불만이 커가는 것도 보이기 시작했다.

6

가을 단풍놀이

두 번째 목표물은 박정호였다. 그는 하남시의 한 식당에서 일하고 있었고 이미 결혼을 한 상태라 그를 유혹하기는 쉽지 않아 보였다.

나는 우선 미인계로 꾀어보고 안되면 강제납치까지 할 생각을 하고 작년부터 그의 주변을 서성거렸다. 그런데 오히려 유부남인 박정호가 먼저 나에게 다가왔다. 그는 자신이 유부남인 것을 숨기면서까지 적극적으로 나와 만나려 노력했다. 나는 아무것도 모르는 척 그와 연애를 시작했다.

유부남이라 그런지 저돌적인 면이 많았고 스킨십에 적극적이었다. 그럴수록 나는 핑계를 대며 그를 조련하였고 나와 자고 싶어 안달이 난 그를 보며 당장이라도 죽여 버리고 싶은 마음을 참으며 기다렸다.

첫 번째 계획을 끝낸 여름이 지나고 단풍이 한창 지고 있는 10월 중순, 우리는 은천 시에 있는 만권산에 위치한 유명한 사찰로 떠났다. 외각으로 향하는 차 안에서 그 역시 군대 이야기를 꺼냈다. 마찬가지로 적극적인 호응을 해주자 그는 신이 난 듯 무용담처럼 후임들을 괴롭혔던 이야기를 했다.

만권산에 펼쳐진 알록달록한 단풍을 바라보며 사찰로 걸어 올라가니 커다란 소나무를 볼 수 있었다. 하지만 그의 눈에는 아름다운 풍경 따위는 눈에 들어오지 않았을 것이다. 산을 오르는 내내 그의 눈은 나의 가슴과 엉덩이를 바라보고 있었고 빨리 숙소로 들어가고 싶다는 생각만이 가득한 것 같았다. 내려오는 길에 주변 식당에서 산채정식으로 밥을 먹으며 술을 한 잔 권하자 그는 기분이 더 좋아 보였다.

나는 운전을 핑계로 그에게만 술을 먹이고는 해가 지기 전 미리 찾아두었던 인적이 드문 모텔로 들어갔다.

방으로 들어가자마자 밀어붙이는 그를 진정시키고, 가방에 있는 도구들을 꺼내 그에게 보여주며 속삭였다.

"자기, 오래 기다렸지? 오늘 내가 황홀한 밤을 선사해줄게"

물건들을 이리저리 살피는 그는 반색을 하며 말했다.

"자기 이쪽이었어? 채찍은 없어?"

기가차서 말이 나오지 않았다.

'미친 새끼'

나는 당장이라도 칼을 꺼내 그의 입을 찢어버리고 싶었지만, 주먹을 꽉 쥐고 참았다.

"다음에 더 화끈한 거로 준비해 줄게. 자기 어서 누워봐"

그의 손과 발을 침대에 묶고 안대를 씌웠다. 그는 익숙한 듯 전혀 반항하지 않았다. 그의 몸에 키스를 하며 촛농을 떨어뜨릴 때도 기분 좋은 신음을 뱉으며 상황을 즐겼다.

나는 천천히 움직이며 칼을 꺼내 그의 가슴을 살짝 그었다. 그는 전혀 눈치채지 못한 듯 보였다. 조금 더 속도를 올리자 그의 몸이 점점 들썩였다.

지금이었다. 나는 황홀함에 빠진 그의 귓가에 다가가 조용히 속삭였다.

"자기의 가장 큰 죄가 뭔지 알아?"

입꼬리가 씨익 올라가며 그는 대답했다.

"당신을 너무 사랑한 죄?"

나는 그의 귓불을 잘근잘근 씹은 후 안대를 벗기며 말했다.

“귓속말로 사람들을 이간질한 게 가장 큰 죄야”

순간 무슨 말인지 이해를 못 하던 그는 잠시 멍하니 생각에 잠겨 나를 바라보았다. 불안하게 바라보던 그의 눈빛이 한순간 공포로 가득 차오르더니 내가 누구인지 생각난 듯 외쳤다.

“너…. 너!”

나는 재빠르게 그의 입에 양말을 쑤셔 넣었다. 그리고 그의 얼굴을 오른쪽으로 돌려 강하게 누른 뒤, 귀를 반 정도 잘랐다.

“으으윽”

고통이 밀려오는지 그는 몸부림치며 소리를 지르려 했지만 나는 더 강하게 그의 머리채를 잡아 반대로 돌렸다. 왼쪽 귀도 반 정도만 잘라 떨어질 듯 대롱대롱 붙여 놓았다. 그리고 현종철에게 한 것과 마찬가지로 온몸 구석구석 칼자국을 내주었다.

그의 몸에서 피가 조금씩 빠져나가는 걸 느끼며 최대한 고통스럽게 죽도록….

정리를 끝내고 아무 일도 없었다는 듯이 조용히 서울에 마련해둔 나만의 집으로 돌아왔다. 아직 해가 뜨기 전이다. 무언가 허전함이 느껴졌다. 거실에 앉아 천천히 오늘 하루를 되짚었다.

'아차'

내가 가장 아끼는 스카프가 보이지 않았다. 다시 돌아가기에는 늦었다.

'문제가 생겨서는 안 돼!'

나는 전화기를 들어 빠르게 번호를 눌렀다. 그가 해결해 줄 것이다.

7

3번째 사건

사건 조사를 위해 주변 인물들을 여러 차례 만나다 보니 시간이 지날수록 다들 짜증을 내며 비협조적이기에 추가 조사는 점점 더 어려워졌다.

연쇄살인이라는 비슷한 사례를 찾을 수도 없어 누군가에게 도움을 요청해도 정답을 알 수 없기에 더욱더 막막했다. 아무 접점이 없는 두 명의 남자가 무참하게 살해당했는데, 범인을 특정할 수 있는 단서는 아무것도 존재하지 않았다.

'이 두 명에게는 어떤 연결고리가 있는 것일까?'

공 반장은 이들의 현재가 아닌 과거의 이력까지 깊숙이 파볼 필요가 있다는 생각이 들었다. 성장 배경부터 학창 시절과 지금 현재까지 더 상세한 자료를 찾아볼 필요가 있었다.

'분명히 이 둘은 어디선가 만났을 것이다. 공통된 접점이 있을 거야.'

어지러운 머릿속을 정리하고 어떻게 인력을 분배할지 고민하던 중, 요란스럽게 전화가 울렸다. 수화기 너머로 막내의 흥분한 목소리가 들렸다.

"반장님 큰일 났습니다. 세 번째 살인사건이 발생했습니다. 그런데, 이번에 죽은 사람이 저희가 현종철을 조사할 때 만난 적 있는 사람입니다."

생각지도 못한 소리에 목소리가 커졌고 흥분해서 말했다.

"그게 무슨 소리야? 자세하게 설명해봐"

"학원 강사를 하던 사람인데 현종철과는 아주 친한 친구라고 했던 남자입니다."

공 반장은 머리가 깨질 듯 아파 왔다.

"뭐라고? 현장이 어디야?"

"서동강 상류에 있는 영상리입니다."

자리를 박차고 일어나 현장으로 출동했다. 영상리 안쪽 대부분 노인만 살고 있는 한적한 마을 어귀에 있는 폐가였다. 모텔이 아닌 버려진 주택으로 살인 현장이 바뀐 것이 조금 의아했다. 범인의 심경이 바뀐 것인지, 어떤 변수가 생겼는지 알 수 없었다.

공 반장은 범인의 심경을 생각해보려고 애써보았지만 이렇다 할 생각은 전혀 떠오르지 않았다. 범행 수법도 조금 달라져 있었다. 시체는 옷이 입혀진 채, 팔과 다리는 의자에 묶여 있었다.

옷은 갈기갈기 찢겨 피로 붉게 물들어 있었기에 마치 고문당한 것처럼 보였다. 바닥에는 피와 함께 하얀 부스러기 같은 것이 떨어져 있었는데 자세히 보니 그것은 깨진 이빨 조각들이었다.

시체의 얼굴은 입부터 머리까지 청테이프로 칭칭 감겨있어 생김새를 알아보기 힘들었다. 조심스레 테이프를 벗기자 역시나 입을 둔기에 맞은 듯 턱뼈까지 엉망으로 부서져 있었다. 힘없이 벌어져 있는 입안으로 반쯤 잘려나간 혀가 튀어나와 대롱대롱 매달렸다. 범행 상태가 점점 더 잔혹하기 그지없었다. 공반장의 머릿속은 더 혼란해지고 부담감은 배가되어갔다.

현종철 사건으로 이미 어느 정도 정보가 있는 상태여서 문혁준을 조사하는 데에는 그리 오랜 시간이 걸리지 않았다.

2002년 겨울, 세 번째 피해자

「성명: 문혁준

나이: 33세

직업: 학원강사

주소: 인천시 부평구 부개동

–인천에서 국어 강사로 일하고 있음.

–부모님은 강원도 춘천시에서 음식점을 하고 있음.

–직장에서 동료들과 관계가 좋고, 강의도 잘해서 학생들에게도 인기가 많음.

–대학생 때 특정 사건으로 여자 동기들 사이에서 안 좋은 평이 있음.」

'대학교 특정 사건'

공 반장의 예감은 맞았다. 이들은 과거에 무엇인가 사건이 있었던 것이었다.

'문혁준과 현종철, 이 둘의 과거를 조사해 본다면 무언가 확실한 정보를 알아낼 수 있을 것이다.'

공 반장은 무엇이 이들을 이렇게 죽음으로 몰고 간 것이며 잔인하게 죽어간 이유가 궁금했다.

8

강에 비친 달

세 번째 표적을 유혹하기는 쉽지 않았다. 우연을 가장한 만남을 만들기에 그의 활동 시간은 너무나 늦은 밤이었고 오후에 일어나 학원으로 출근하고 한밤중에 집으로 돌아오는 그의 생활패턴에 자연스럽게 끼어들 기회를 찾기란 힘들었다.

나 혼자만의 힘으로 문혁준을 납치해 처리한다는 것은 불가능했다. 어쩔 수 없이 도움을 요청했다. 우리는 곧 계획을 세웠고 사람들 눈에 띄지 않게 그의 원룸에 잠입했다.

문혁준은 평상시처럼 퇴근을 마치고 곧장 집으로 돌아왔다. 우리는 각각 침실과 화장실에 숨어 있었고, 현관문이 열리는 소리와 함께 문혁준이 안으로 들어오는 발소리가 들렸다. 그런데 신발을 벗고 곧바로 안으로 들어올 것이라는 예상과는 달리 입구에서 달그락거리는 소리만 들려왔다.

'무엇인가 이상한 낌새를 눈치챈 걸까?'

선부르게 움직일 수 없었다. 문혁준이 내가 있는 침실로 들어오지 않고 바로 화장실로 간다면 그가 적당히 기절시켜주기를 바랄 뿐이다.

문혁준이 침실로 들어온다면 나는 계획대로 적당히 머리를 가격해 기절만 시킨 후, 그와 함께 목표 장소로 움직일 것이다.

지금 내가 할 수 있는 일은 없다. 적당한 일격으로 기절을 시켜야 한다는 압박감으로 심장이 미친 듯이 뛰었다. 드디어 문이 열리는 소리가 들렸다.

'철컥'

내가 있는 침실이 아닌 화장실이 열리는 소리였다. 곧이어 둔탁한 소리가 몇 차례 들려왔다. 나는 황급히 문을 열고 화장실 쪽으로 향했다.

화장실 문 앞에는 쓰러져 있는 문혁준과 그 뒤로 어깨를 부여잡고 고통스러워하는 그가 보였다. 우리는 문혁준의 손발을 묶은 후 모든 흔적을 지웠다.

영상리 강가의 한 폐가에 도착할 때까지도 문혁준은 정신을 차리지 못했다. 의자에 앉혀 단단히 팔다리를 묶은 후, 찬물을 끼얹어 정신이 들게 했다.

초겨울 차가운 공기 속에 찬물을 뒤집어쓴 그는 정신을 차린 듯 소리쳤다.

"헉헉, 뭐야? 이 미친년아! 이거 안 풀어"

그는 의자에서 벗어나려 발버둥을 쳤다.

"어때 물이 시원하고 좋지?"

"너 누구야! 나한테 왜 이러는 거야, 여기 어디야"

"왜라니? 잘못 했으면 벌을 받아야 마땅하지."

"무슨 잘못? 나는 네가 누군지도 몰라, 이거 어서 풀어!"

"역시, 나를 기억 못 하는 거야? 하긴 때린 사람은 기억 못 하지"

그는 정신이 없는 와중에도 크게 소리쳤다.

"너 뭐야, 난 여자를 때린 적이 없다고!"

나는 그에게 다가가 왼쪽 어깨를 칼로 그었다. 하얀 와이셔츠 위로 새빨간 피가 선명하게 번졌다.

"잘 생각해 봐, 네가 진심으로 반성한다면 살려줄 수도 있어."

"개소리하지 마. 난 너 몰라. 내가 무슨 나쁜 짓을 했다는 거야! 이거 풀어! 풀라고!"

이번에는 오른쪽 허벅지에 칼을 살며시 찔러 넣었다.

"으아악. 살려주세요. 시키는 건 뭐든지 다 할게요. 제, 제발 살려주세요."

두 번째 칼질에 겁을 집어먹었는지 태도가 확 바뀐 문혁준은 눈물, 콧물을 흘리며 빌기 시작했다. 나는 웃음을 참으며 말했다.

"천천히 생각해봐."

나는 그의 몸에 하나씩 하나씩 얕은 칼자국을 내며 그의 반응을 보았다. 면도칼에 살짝 베인 정도의 작은 상처들이었지만, 낯선 곳에서 온몸이 묶여 협박당하고 있는 상황이라면 누구라도 목숨이 위험할 정도로 크게 느껴질 것이었다. 죽을 듯

이 몸부림치던 문혁준은 이제야 생각났다는 듯 외쳤다.

“그땐 모두 다 그렇게 해서 그냥 어쩔 수 없이 나도 그렇게 따라 했을 뿐이에요. 정말 잘못했어요. 제발 살려주세요.”

참았던 웃음이 터져 나왔다.

“그래? 그럼 조금 더 구체적으로 말해볼까?”

그는 언제 저질렀는지 모를 과거의 파렴치한 짓들과 악행들을 횡설수설 떠들어 댔다.
나와 전혀 관계없는 이야기를 듣고 있자니 화가 치밀어 올랐다. 망치를 가져와 입을 후려쳤다.

‘퍽’

“크헉”

숨이 넘어가는 소리와 함께 그의 턱이 깨지는 둔탁한 소리가 공기를 갈랐다. 새빨간 피와 부서진 하얀 이빨 조각들이 신음과 함께 토해져 나왔다. 완전히 부서진 턱뼈를 벌려 혀를 잡아당겨 반쯤 자르니 고통으로 정신을 잃은 듯 문혁준의 몸이 축 늘어졌다. 나는 그의 귀에 대고 속삭였다.

"상관없어. 너는 어차피 이곳에서 죽을 거니까."

그의 입에서 나를 압살시킬 듯 쏟아지던 욕설과 공포의 기억이 스쳐 지나갔다. 나는 그때의 분노를 하나하나 생각하며 마지막으로 반으로 잘려 매달려 있는 혀를 안으로 집어넣고 테이프로 턱과 얼굴을 휘감아 붙여둔 뒤 주위를 정리했다.

밖으로 나와 차가운 새벽 공기에 긴 숨을 쉬며 하늘을 올려다보니 소름 돋게 날카로운 달이 소리 없이 흐르는 강 위에 떠 있었다.

'이제 마지막이다.'

9

정신병원

공 반장이 알아본 그 둘은 여느 대학생과 별다를 것 없는 학생이었다. 수사팀은 그 둘이 관련되었다는 사건의 내막을 알기 위해 당시 함께 재학 중이었던 학생들을 일일이 찾아 탐문조사에 나섰다. 그 결과 뜻밖의 이야기를 들었다.

둘은 재학시절 못생긴 한 여자를 두고 서로 경쟁하여 유혹하는 장난을 했었다는 사실이었다. 그 여학생은 두 명의 남자가 본인을 가지고 장난쳤다는 사실을 알게 되자 충격을 받아 자퇴하고 정신병원에 입원했다는 내용이었다.

'여학생, 정신병원, 이 여자를 찾아야 한다!'

공 반장은 사건의 실마리를 잡은 듯했다. 복수를 위해 충분히 일을 벌일 수 있다는 생각이 들었다. 그녀를 찾기 위해 동분서주했지만, 생각보다 그녀를 쉽게 찾을 수 없었다. 수사팀이 입수한 주소를 찾아가 보았지만 이미 이사를 하였기에 어디로 갔는지 알아내는 것만으로도 오랜 시간이 걸렸다. 수소문 끝에 찾아간 곳은 경기도 광주에 있는 정신병원이었다.

'정신병원에 입원하고 있는 상태에서 이런 사건을 벌인다는 것은 불가능하다. 그렇다면 그녀는 범인이 아니거나 누군가 조력자가 있을 수도….'

우선은 그녀를 직접 만나봐야 했다. 공 반장은 사건을 되짚으며 경기도 광주의 정신병원으로 향했다. 병원에 가까워질수록 주변은 한산해졌다. 새해 명절을 지낸 지 얼마 되지 않아서일까? 공 반장은 문득 '이곳 사람들에게도 가족들이 있겠지?'라는 생각이 들었다.

서순경과 함께 병원에 도착하여 신분을 밝힌 후, 수사를 위해 그녀와 면회를 신청했다. 그러나 그녀의 이름은 환자 명단에 없었다.

'환자가 아니다!'

그녀는 그곳에서 일하고 있는 간호조무사였다. 하얀 유니폼을 입고 공 반장이 기다리던 면담실로 또각또각 걸어 들어온 그녀는 날카로운 눈매와 낮은 코, 두툼한 입술을 가지고 있었다. 그녀의 코와 뺨에 가득한 주근깨는 솔직히 예쁜 얼굴이라고는 할 수 없는 인상의 소유자였다.

공 반장은 최대한 조심스럽게 인사를 건넸다.

"안녕하세요. 저는 은천 경찰서의 공영진 반장이라고 합니다."

그녀는 경계의 빛이 가득한 눈동자로 우리를 바라보며 퉁명스러운 목소리로 대답했다.

"네, 안녕하세요. 무슨 일로 저를 찾으신 거죠?"

주머니에서 사진 3장을 꺼내어 그녀에게 보여주며 말했다.

"혹시 아는 분이 있으신가요?"

그녀의 손은 마치 불길한 것을 본 것처럼 부들부들 떨렸고, 앙칼진 목소리로 대답했다.

"꼴도 보기 싫은 두 명이 있네요."

"누군지 알려주실 수 있을까요?"

손가락으로 양옆의 현종철과 문혁준을 지목했다.

"혹시, 실례가 안 된다면 어떻게 아는 사이인지 알려주실 수 있을까요?"

"생각하기도 싫은 일인데 꼭 말해야 하나요?"

"부탁드리겠습니다. 중요한 일이라"

그녀는 다시금 생각하고 싶지 않은 듯 얼굴을 찡그린 후 한숨을 내뱉으며 이야기를 시작했다.

"하…. 이 둘은 정말 쓰레기 새끼들이었어요. 그 둘을 처음 본 건 대학교 2학년이에요. 교양과목을 같이 듣게 되었는데 그 둘이 저에게 관심을 가지며 잘 챙겨줬어요.

밥도 사주고 선물도 주고. 저는 처음 받아보는 남자들의 관심에 어쩔 줄 몰랐었죠.

두 명이 동시에 나에게 잘해주니 꿈만 같았어요. 그렇게 행복한 몇 주가 지났고 두 명이 같은 날 저에게 고백했어요.

저는 어떻게 할지 고민에 빠졌고 결국, 조금 더 관심이 있던 문혁준을 선택했어요. 그렇게 문혁준과 사귀게 되었는데 어제까지만 해도 세상에서 제일 자상했던 사람이 180도로 바뀌더군요.

전 이유를 몰랐죠. 그렇게 일주일 정도가 지났을 무렵 문혁준이 헤어지자고 하더군요.

저는 충격에 빠져 그냥 현종철을 선택했어야 했나…. 하는 후회를 하고 있었는데, 친구가 말해주더군요. 그 둘이 저를 두고 내기를 한 거라고. 그 말을 전해 듣고 전 죽고 싶었어요. 보시다시피 제가 남자들한테 관심을 받을 만한 얼굴은 아니잖아요.

제 인생에 처음이었어요. 그렇게 많은 관심과 친절을 받고 정말로 사랑받는 느낌이었지요. 그런데 그 모든 게 그 자식들의 장난이었어요! 나 같은 애가 왜 세상에 살고 있는 건지 모르겠더라고요. 친구들한테도 말할 수 없었죠.

세상 모두가 절 비웃고 있는 것 같았어요. 방에서 한 발자국도 나올 수 없는 지경까지 갔어요. 자존감은 바닥을 쳤고 결국, 자괴감 때문에 학교도 자퇴하고 몇 년간 정신과 치료를 받았고 겨우 이겨낼 수 있었죠. 그렇게 이곳에 취업까지 하게 되었어요."

그녀의 이야기는 진실이었다. 차분히 자신의 이야기를 하는 그녀의 얼굴에는 참을 수 없는 분노와 슬픔의 그림자가 모두 보였다.

“정말 못된 놈들이었군요. 그럼 혹시 이 가운데 있는 사람은 본 적이 없나요?”

“네, 이 사람은 모르는 사람이에요.”

“협조해 주셔서 정말 감사합니다.”

“근데 무슨 일인지 알 수 있을까요? 그들이 무슨 죄를 지은 건가요?”

“아닙니다. 자세히 말씀드릴 수는 없지만 둘 다 죽었다는 것만 알고 계시면 될 것 같습니다. 아마도 그 둘은 벌을 받은 것일 수도 있겠군요. 시간 내주셔서 감사합니다.”

피해자들이 죽은 날과 그녀의 근무일을 확인해 본 결과 사건이 일어난 날은 모두 그녀가 야간 당직이 있던 날이라 알리바이가 확실했다. 또한, 그녀의 주변 사람들을 조사하여도 특별한 점은 발견되지 않았다. 게다가 그녀는 두 번째 피해자인 박정호와는 아무런 접점이 없었다. 기대와 다른 사건의 진실에 공 반장은 허탈한 마음으로 돌아올 수밖에 없었다.

10

궁전 다방

정신 병원을 다녀온 뒤 아무런 성과도 없이 시간만 흘러가고 있었다. 경찰청 일로 외부에 나갔다 돌아오는 길, 차창 밖으로는 눈발이 날리기 시작했다. 공 반장은 잠시 잊고 있던 그 세 명의 피해자들의 공통점이 무엇일지 생각에 잠겼다.

'이 세 명은 무엇 때문에 이렇게 비참한 죽음을 맞았을까? 이들은 언제 범인을 만난 것일까? 이 세 명의 교차점은 무엇인 걸까?'

실마리를 찾기 위해 머리를 굴려보았지만, 더욱 복잡해져 갔다. 은천 시내로 들어가는 도로에서 차 속도가 느려지기 시작했다. 경찰서까지는 다리만 건너면 되는 상황에서 급기야 차가 멈춰 섰다. 공 반장은 이상하단 생각에 옆에 있던 김 순경에게 물었다.

“오늘 장날인가?”

“아닙니다. 반장님 사고가 났나 본데요? 교통과 애들은 뭐 하고 있는 거야, 빨리빨리 나와서 정리 안 하고”

장날인가 싶었지만, 장날까지는 아직 이틀이 남았다. 무슨 사고인가 싶어 김 순경이 무전기를 집어 드는 순간, 굉음과 함께 저 멀리서 도로 위로 줄지어 오는 탱크들이 보였다. 평소에도 탱크 지나가는 모습을 본 적은 있지만 이렇게 긴 행렬을 보는 건 처음이었다. 인근 부대에서 대대적으로 훈련을 나가는 모양이었다.

순간, 한줄기 섬광이 공 반장의 머릿속을 지나갔다. 그 세 명의 공통점이 무엇인지 알 것 같았다. 가슴이 뛰기 시작했다.

'군대다! 대한민국 건장한 남성들의 모든 접점! 왜 이 생각을 못 했던 걸까?'

공 반장은 어서 빨리 자신의 생각이 맞는지 확인해 보고 싶었지만, 행렬은 좀처럼 끝날 기미가 보이지 않았다. 10분 정도가 흘러 차들은 움직이기 시작했고 속력을 낼 수 있었다. 경찰서에 도착하자마자 공 반장은 정보과로 뛰어들어갔다.

"서 순경, 자료 좀 찾아 봐줄 수 있지?"

"예? 반장님 갑자기 무슨 자료를 말씀하시는 겁니까?"

"피해자들 자료!"

서 순경은 현종철의 인적 사항 파일을 열었다.

나이...

주소...

병역: 1992년 병장 만기 전역

"잠깐, 서 순경, 이 친구 복무지가 어디였는지 혹시 알 수 있나?"

"복무지요? 전역한 부대 말씀이십니까? 아니면 훈련소 말씀이십니까?"

"어디든 다, 상관없어."

"음, 어디 보자 92년, 만기 전역 주소가 어, 이 사람, 여기 있었는데요."

복무지: 은천시 교보리 88사단 보급대대

"현종철이 여기에 있었다고? 그렇다면 박정호는?"

서 순경은 다음 파일을 열었다. 파일이 하나씩 열릴 때마다 공 반장은 목이 타들어 가는 것 같았다.

박정호

병역: 1993년 병장 만기 전역

복무지: 은천시 교보리 88사단 보급대대

'이럴 수가'

마지막 문혁준이 남았다. 확인하지 않아도 알 수 있었다. 하지만 정확히 해야 했다.

"서 순경, 마지막 한 명도 보여줘."

공 반장의 목소리에 긴장감이 느껴졌는지 키보드를 두드리는 서 순경의 손놀림이 자꾸 어긋났다.

현종철: 1992년 병장 만기 전역

박정호: 1993년 병장 만기 전역

문혁준: 1992년 병장 만기 전역

1992년 이들은 모두 교보리 88사단 보급대대에 있었다.

이 세 명은 군 생활 중 분명히 여자와 관련된 문제가 있었을 것이라는 생각이 머릿속에 그려졌다.

이들이 근무했던 주소 지를 확인한 공 반장은 핸드폰을 열어 번호를 찾았다. 예전부터 알고 지내던 김 원사가 있었다. 20년 이상 그곳에서 근무하고 있는 그였기에 이들을 알고 있을지도 모른다는 생각에 무작정 전화를 걸었다.

"어이구, 김 원사님 잘 지내셨습니까?"

"예, 공 반장님 아니 십니까? 오랜만입니다."

"원사님, 지난번 일은 잘 처리되셨지요?"

"예? 아, 예"

"제가 옛날 일로 뭘 좀 여쭤보고 싶은 게 있는데 시간이 되실까 해서요."

"으흠, 옛날 일이요? 무슨 옛날 일을?"

"그러니까, 이게 통화로 하기는 조금 그런데 오랜만에 얼굴이라도 뵙고 말씀 나누시지요."

"예, 그럼 몇 시에 어디로 갈까요?"

"그 터미널 옆에 있는 궁전 다방에서 8시 어떠신가요?"

"예, 알겠습니다."

통화를 끝낸 공 반장은 김 원사를 만나 어떻게 정보를 캐낼지 고민을 했다. 군부대 내에서 일어나는 사건들은 전혀 외부로 유출되지 않기 때문에 물어본다 한들 대답해 줄 리가 없었다. 게다가 피해자들이 그 부대 출신이긴 하지만, 현재 복무 중인 것도 아닌 이미 오래전에 전역한 민간인이다. 이런저런 생각을 하는 동안, 시간은 어느덧 8시가 되었다.

공 반장은 터미널 근처의 허름한 다방으로 향했다. 마담에게 조용한 자리를 안내받아 앉자 '딸랑'하며 문이 열리는 소리가 들렸고 기름을 발라 넘긴 단정한 머리의 김 원사가 떨떠름한 표정으로 들어와 자리에 앉았다. 공 반장은 커피를 시키고 편안한 분위기를 만들고자 가벼운 농담을 던졌다.

"오랜만입니다. 김 원사님 그때보다 더 젊어지신 것 같은데요?"

김 원사는 안주머니에서 담배를 꺼내 물며 답했다.

"별말씀을요. 그런데 물어보실 옛날이야기라는 게 뭡니까?"

"아이고 성격도 급하셔라. 김 원사님이 88사단에서 근무하신 게 한 20년이 넘으셨죠?"

그는 담배 연기를 옆으로 내뿜으며 대답했다.

"후~ 올해로 28년 됐습니다."

"그렇다면 지금까지 계시면서 특별히 기억에 남는 사건 사고 같은 것도 많으시겠습니다. 허허"

"공 반장님, 무슨 일 때문에 이러시는 겁니까? 요즘 무슨 사건이 많다는 말은 저도 들었습니다. 괜히 시간 끌지 마시고 말을 해 보세요."

"원사님이 그곳에 오래 계셔서 잘 아실 것 같아서요…."

공 반장은 멋쩍다는 듯이 웃음을 지으며 주섬주섬 사진 세 장을 김 원사 앞에 꺼내 놓았다.

"혹시, 이 세 사람이 누군지 알아보시겠습니까? 이 친구들 모두 90년도 초반에 88사단에서 복무했던 친구들입니다. 기억나는 부분이 하나라도 있으실까요?"

김 원사에게 질문을 던지는 공 반장의 눈빛이 날카롭게 변했다. 관심 없다는 듯 먼 산을 바라보고 있던 김 원사는 90년도라는 말에 시선이 테이블 위에 놓인 사진으로 향했다. 김 원사의 손가락 끝에는 빨간 담뱃불이 까맣게 타들어 가고 있었다.

"아는 얼굴들이시군요."

"글쎄요. 워낙 오래전 일이라…."

"원사님을 곤란하게 하려는 것이 아닙니다. 원사님도 아시다시피, 요 근래 지역에서 사건이 일어났는데 이 세 친구가 피해자입니다."

김 원사는 화들짝 놀라며 되물었다.

"아니, 이 세 명이 피해자라고요?"

"예. 원사님의 도움이 필요합니다. 그냥 이 친구들이 어떤 친구들이었는지 혹시 여자 문제가 있지는 않았는지 기억나시는 게 있으시면 이야기 좀 해주십시오."

새 담배를 꺼내 불을 붙인 후, 잠시 생각을 하던 김 원사는 무겁게 입을 떼기 시작했다.

"우선 이 친구들이 사고를 당한 것에 대해 저는 모르는 일인 겁니다. 반장님.

후~ 그해는 유독 이상한 녀석들이 많이 들어왔던 해였습니다. 그때는 군대 얼차려나 선임이 후임 군기 잡는 일이 당연했던 때였죠. 지금이야 뭐, 군 부조리니 뭐니 하지만, 당시는 흔히 있는 일이었고, 다른 병사들과 마찬가지로 이 친구들도 후임병들을 괴롭히는 정도가 조금 과했을 뿐이지 특별히 문제를 일으킨 적은 없던 것으로 기억합니다. 그때 그 총기사고와도 직접적인 연관은 없는 병사들이었습니다. 여자 문제는 더더군다나 들어본 적도 없고요."

'총기사고!!'

처음 듣는 이야기였지만 공 반장은 뜻밖의 수확이라는 생각이 들었다. 분명 이번 연쇄살인 사건의 피해자들과 연관이 있을 가능성이 높았기에 좀 더 자세한 내용이 필요했다.

"혹시 관련 서류나 병사들의 인적 사항을 좀 구할 수 있을까요?"

"왜 이러십니까, 공 반장님. 저는 오늘 반장님을 만난 적이 없는 겁니다."

김 원사는 더 이상 이야기하고 싶지 않다는 듯 서둘러 일어나 자리를 떴다. 공 반장 역시 김 원사에게서 더 이상의 정보를 얻어 낼 수는 없을 것 같았다.

사무실로 돌아온 공 반장은 이 난관을 어떻게 해야 할지 고민에 빠졌다.

'총기사고라는 생각지도 못한 수확을 얻었다. 하지만 총기사고와 이번 연쇄살인 사건이 무슨 연관이 있다는 말인가?'

예전에 88사단에서 복무했던 서장님 조카가 총기사고에 휘말려 죽을 뻔했다는 이야기를 들은 기억이 떠올랐다. 추측이 맞다면 분명 서장의 조카도 이 사건에 연관이 있을 것이다. 뭐라도 잡아보자는 마음으로 총기사고를 조사해 보아야겠다는 생각이 들었다.

하지만, 서장에게 정식 요청을 했다가는 분명 미승인 될 게 뻔했다. 은밀하게 움직여야 한다. 그렇다면 어떤 방법으로 당시 사건에 연루된 사람들의 명단과 사건의 전말을 알아내야 할지 도저히 감이 잡히지 않았다.

심각한 표정으로 앉아있는 공 반장 옆으로 이창수 형사가 슬며시 다가와 말을 걸었다.

"반장님 또 시체가 발견됐나요? 아니면 뭐 서장님이 빨리 잡아 오래요? 왜 이렇게 심각하십니까?"

"이 자식이 가뜩이나 심란한데 재수 없는 소리를…. 맞다, 창수야, 너 여기에서 근무하는 장교 중에 친한 윗대가리 있냐?"

"반장님 제가 또 누굽니까, 이 동네에서 절 모르면 간첩이잖아요? 당연히 있죠. 높으면 뭐 어느 정도? 무궁화? 별? 말만 하세요."

"이거 서장 귀에 들어가면 너랑 나랑 옷 벗어야 할지도 모르니까 은밀하게 진행해야 해. 너 88사단 보급대대 알지? 91년도부터 93년도까지 근무했던 병사들과 그때 일어난 모든 사건 정보가 필요해, 어떻게 구해볼 수 있겠냐?"

"예? 91년도요? 어렵긴 하겠지만 최선을 다해보겠습니다. 혹시 이번 사건과 관련 있는 겁니까?"

"당연하지"

"시간이 조금 걸릴 수는 있겠지만 어떻게 해서든 알아내겠습니다!"

이 형사는 의욕에 불타오르는 눈동자로 고개를 끄덕이며 자리로 돌아갔다. 공 반장 역시 주변 지인들을 동원하여 작은 정보라도 구하려 애써보았지만 군 정보를 구하기란 쉬운 일이 아니었다. 그렇게 시간은 흘러가고 있었다.

며칠이 지났을 무렵 서류뭉치를 들고 당당하게 사무실로 걸어 들어오는 이 형사를 볼 수 있었다.

"반장님, 제가 누굽니까!"

"역시 에이스는 뭐가 달라도 다르다니까."

이 형사는 당시 88사단에 복무했던 병사들의 이름과 주소 지를 구해왔다. 공 반장이 원하던 상세한 사건의 기록이나 진술

서류는 아니었지만, 이 정도로 만족할 수밖에 없었다.

공 반장은 모든 팀원을 소집했다.

"이번 사건의 피해자 세 명이 모두 이 부대 출신이다. 당시 부대원들 명단이 여기 있다. 뭘 해야 할지 다들 알지? 눈에 띄지 않도록 조용히 조사해 와라. 지금 뭘 하고 사는지 당시 이 세 명과 사이는 어땠는지 알아올 수 있는 한 최대한 많이 알아와. 분명 여기 적혀있는 이름 중에 범인과 관련이 있는 놈이 있을 거다. 특히, 여자와 관련된 일은 더 조심하고!"

갑자기 막내가 손을 들어 질문했다.

"반장님, 찾아갔는데 아무도 없으면 어떡하죠?"

생각지도 못한 질문에 당황했다. 당연히 과거의 주소이기 때문에 주소 지가 바뀌었을 수 있다는 생각이 들었다. 옆에 있던 이 형사가 버럭 했다.

"야! 인근 면사무소나 동사무소로 찾아가면 되지 뭐가 걱정이야."

그렇게 회의를 마치고 본격적인 범인 찾기가 시작되었다. 생각했던 대로 명단에 있는 사람을 찾는 것은 굉장히 오랜 시간이 소요되었다. 주소지가 변경되었거나 사고로 죽거나 행방불명인 사람도 있었다. 그렇게 우리는 인력을 나누어 당시 88사단에서 복무했던 병사들을 만나며 그때의 진실을 조금씩 알아낼 수 있었다.

죽은 피해자들은 현재 다들 착실하게 주변 사람들과 큰 갈등없이 지내온 것으로 파악했으나, 그들의 과거 군 생활은 전혀 달랐다.

군대에서만큼은 후임들 사이에서도 악마로 정평이 나 있는 상태였고, 매우 악랄하게 후임들을 괴롭히며 구타와 욕설을 밥먹듯이 했다는 이야기를 들을 수 있었다. 그리고 군에서 일어난 총기사고에 대해서도 알 수 있었다.

이미 시간이 한참 지난 일이였음에도 사람들은 이야기하기를 꺼려했다.

자세한 내막을 알고 있는 병사는 없었다. 떠도는 소문에 의하면 한 이등병이 부조리에 못 이겨 병장을 살해하려고 하였으나 병장은 극적으로 피했고 몸싸움 끝에 이등병이 죽었다는 것이었다. 그러나 여자와 관련된 사건이나 이야기는 전혀 들을 수 없었다. 분명 피해자들의 공통점에는 여자가 있어야 했는데 그 점은 전혀 찾을 수 없었다. 다만 피해자들이 노골적으로 괴롭혔던 병사들이 조금씩 추려지고 있었다.

"반장님, 이 친구가 총기사고로 죽은 이등병이랑 가장 친했다고 합니다."

"권기남?"

"예, 이 친구도 엄청나게 괴롭힘을 당했다고 하더라고요. 뭐 끼리끼리라고 약한 놈들 둘이 괴롭힘을 받으며 동병상련으로 의지하고 그러지 않았을까요?"

"그렇겠지."

“그리고 이 김지호라는 친구는 행방불명되었던데요?”

“행방불명이라고? 일단, 권기남부터 조사해보자. 소재지 파악됐나?”

“아직이요. 주소지로 찾아가 봤는데 부모님 집이더라고요.”

“그럼 권기남 부모부터 만나보자”

권기남은 당시 부대에서도 폐급이라는 소리를 들으며 항상 선임들의 표적이었다는 이야기를 들을 수 있었다. 권기남을 찾기 위해 조사를 하였지만, 부모도 그가 어디 있는지 알 수 없다는 말뿐 종적을 감춰버렸기에 난감했다. 공 반장은 그를 꼭 만나봐야 할 것 같은 느낌이 왔다.

전역 이후 지금까지 변변한 직업도 없이 지내던 그는 몇 년 전부터는 아예 몇 달에 한 번씩 부모에게 와서 돈이나 받아 가는 생활을 하고 있었다.

그의 부모는 동대문에서 의류사업을 크게 하고 있는 부자였지만, 나이만 먹고 허송세월하고 있는 막내아들 때문에 항상 고민이라고 했다. 그래도 경찰이 찾아오거나 하는 일은 없었는지 공 반장을 만난 그의 부모는 적잖이 놀라는 모습이었다.

그의 부모도 권기남의 행적을 전혀 알지 못하기에 공 반장은 부모를 안심시키며 그를 참고인으로 만날 수 있도록 도움을 요청하였다. 돈 떨어지면 집에 올 거라는 그의 아버지 말에 공 반장은 팀원들과 돌아가며 잠복근무를 시작했다.

솔직히 언제 권기남이 집에 들를지 모르는 상태에서 긴 잠복은 무리라는 생각을 하고 있던 공 반장은 일주일이 지나자 초조해지기 시작했다.

"반장님! 잡았습니다."

"뭐? 잡았다고?"

잠복을 나가 있던 이 형사가 마침 그의 부모 집으로 들어가는 권기남을 바로 체포한 것이다. 경찰서로 이송되어온 권기남은 영문을 몰라 하며 억울하다는 표정으로 취조실에 앉아있었다. 공 반장은 큰소리를 치며 취조를 하고 있던 이 형사에게 다가가 물었다.

"뭐 좀 알아냈나?"

머리를 긁적이며 이 형사가 대답했다.

"이 자식이 죽은 사람들은 마땅한 벌을 받은 것이고 자기는 아무 잘못이 없다고 이야기합니다."

공 반장은 권기남에게 다가가 그를 쳐다보며 이야기했다.

"지금 돌아가는 상황들을 본다면 권기남씨가 용의자일 가능성이 굉장히 큽니다. 순순히 자백하신다면 죄가 감면될 수 있도록 저희가 도와드리겠습니다."

권기남은 주먹을 꽉 쥔 손을 코에 갖다 대며 킁킁 냄새를 맡고는 떨리는 목소리로 이야기했다.

"전 정말 죽이지 않았습니다. 그들은 죗값을 치르고 있는 겁니다."

"그렇다면 그들이 무슨 죄를 지은 거죠? 그리고 누구에게 벌을 받는다는 겁니까?"

"그 자식들은 후임들을 항상 괴롭혀왔고 온갖 못된 짓들을 저지른 악마 같은 놈들입니다. 저뿐만 아니라 다른 피해자들도 많고요. 그러니 벌을 받는 게 당연한 거라고요."

공 반장은 책상 위에 올려진 사진들을 가리키며 말했다.

"그렇다면 이 친구들이 군대에서 어땠는지 자세하게 이야기 좀 해주세요. 이들은 서로 친했나요?"

"몰라요. 기억나지 않아요. 전 잘못이 없어요. 집에 보내주세요."

"권기남씨가 이찬성씨랑 친했다고 하던데, 사고는 어떻게 일어난건지 말씀해주세요."

안절부절 못하던 권기남은 계속해서 킁킁거리며 주먹 쥔 자신의 손가락 냄새를 맡는 행동을 하며 입을 열지 않았다. 답답한 시간이 흘러가고 있었다.

"똑똑똑"

막내가 급히 들어와 나를 찾았다.

"반장님, 서장님이 찾으십니다."

공반장은 곧장 서장실로 향했다. 노크를 하고 들어가니 서장은 평소와 다름없는 모습으로 담배를 피우며 창밖을 바라보고 있었다.

"서장님. 부르셨습니까?"

창밖을 보고 있던 서장은 책상 위에 놓인 서류철을 집어 던지며 소리쳤다.

"너 이 새끼, 지금 뭐 하고 다니는 거야? 왜 시키지도 않은 짓을 하고 다녀, 지금 잡혀와 있는 권기남이 이번 연쇄살인 사건이랑 무슨 상관이야? 어?"

"이 친구가 피해자들과 같은 부대에서 복무한 이력이 있는데, 뭔가 알고 있는 것 같아서 지금 참고인으로 조사 중입니다."

"왜 그럼, 거기 있던 부대원들 다 끌고 오지 그러냐? 십 년 전 같이 복무한 게 쟤 하나야? 왜 필요 이상으로 쑤시고 다녀! 왜 쓸데없이 옛날 일까지 들추고 다니냐고 옷 벗고 싶어?"

서장의 비아냥거림에 공 반장도 더 이상 참을 수 없었다.

“92년도 88사단 총기사건에 연루된 병사가 서장님 조카라는 사실 알고 있습니다. 그래서 이렇게 덮으시려고 하는 것 알고 있고요. 하지만 제가 지금 그걸 까발리자는 게 아니잖아요.”

“너 이 자식, 아무것도 모르면서 설치고 다니지 마라, 그거 내 조카 아니야. 이 시장 혼외 자식이야! 너도 알겠지만 3월 선거도 이 시장이 될 거다. 그러니까 더 이상 일벌이지 말고 그냥 미제 사건으로 마무리해. 그리고 너 인마, 보고도 없이 단독수사 진행은 징계위원회 감이야. 3개월 감봉에 1주일 정직이야, 집에서 정신 차리고 나와.”

공 반장의 가슴속에서는 화가 치밀어 오르고 복잡한 감정이 얽혀 뭐라고 말을 해야 할지 생각이 나질 않았다. 멍하니 서 있는 공 반장을 바라보며 서장은 쐐기를 박았다.

“밑에 애들까지 징계 안 받고 네 선으로 끝내는 걸 다행으로 알아. 나가봐”

서장은 이 말을 끝으로 다시 창가를 바라보며 담배를 꺼내 입에 물었다. 공 반장은 아무 말도 하지 못하고 그저 서장의 말을 따를 수밖에 없었다. 자신이 비참하게 느껴졌지만, 그렇다고 상관의 명령을 거스르며 정의의 영웅 행세를 하고 싶은 생각도 없었다.

사무실로 돌아와 자리에 앉아 팀원들을 어떻게 이해시킬지 곰곰이 생각해 봤다. 어차피 명령이 떨어진 마당에 팀원들에게 사실을 알리고 순리대로 일을 진행해야 할 것 같았다. 막내를 시켜 팀원들을 전부 불렀다.

"권기남이 보내주고, 사건 정리해라."

모두 어리둥절한 표정으로 공 반장을 바라보는데 이 형사가 화가 난 목소리로 물었다.

"반장님, 서장님이 뭐라고 하시는데요? 저 새끼 뭔가 알고 있는 것 같은데 보내주라니요?"

“그냥 그렇게 됐다. 내일부터 일주일간 난 없으니까 창수 네가 애들 단도리 좀 해라”

이 형사가 발끈하며 대답한다.

“아니 반장님! 갑자기 무슨 날벼락입니까? 반장님은 왜 안 나오시는데요? 거의 다 왔잖아요. 분명….”

공 반장은 흥분한 이 형사의 말을 자르고 소리쳤다.

“서장님 명령이야! 그냥 그런 줄 알고 시키는 대로 해. 누구는 좋아서 이러는 줄 알아?”

팀원들은 조용히 눈치만 살폈다. 공 반장은 크게 숨을 한번 내쉬고 말을 이어갔다.

“후. 위에서 내려온 지시라 어떻게 방법이 없다. 무능한 반장이라 미안하다.”

다혈질의 이 형사는 화가 많이 난 듯 밖으로 나가버렸고 나머지 팀원들도 조용히 자리로 돌아갔다.

아무런 혐의가 없는 권기남은 바로 풀려났지만, 공 반장은 그에 대한 꺼림칙한 느낌을 지울 수 없었다.

'차라리 잘 됐다. 조용히 꼬리 붙어보자.'라는 생각에 청량리 그의 부모님 집까지 따라온 지 벌써 3일째 되는 날이었다. 그는 거의 집에서 나오지 않았다, 이전에 지냈던 곳이 어디인지 그곳으로도 돌아가지 않았다. 어쩔 수 없이 오늘은 이만 접고 집으로 돌아가려고 생각하는데 전화벨이 울렸다. 수화기 너머로 이 형사의 착잡한 목소리가 들려왔다.

"반장님, 어디십니까? 댁에 들렸는데 안 계시다고 해서요. 집 앞입니다. 잠시 봬야 할 것 같아요."

"어, 그래. 잠깐 친구 좀 보러 나왔는데 한 시간이면 들어간다. 역 앞에서 보자"

역 앞에 서 있는 이 형사의 얼굴을 보자 공 반장은 왠지 모를 심각함이 느껴졌다.

"아니, 반장님. 정직 중에 집에 안 계시고 어딜 다녀오시는 겁니까? 제가 얼마나 속이 타들어 갔는지 아십니까. 정말 서장님한테 바로 가져가려다가 하아~"

공 반장은 흥분하여 떠들어대는 이 형사를 진정시켰다.

"갑자기 무슨 일인데 그래? 경찰서에 무슨 일 있어? 천천히 말을 해야 알지."

"사실은 제가 정말 고민을 많이 했는데요. 이걸 미리 말씀드렸어야 하나, 후회도 했었는데요. 같은 팀원을 의심하는 것은 정말 잘못된 행동이지만 의심 가는 행동들이 자꾸 보여서, 그래서 같이 다니는 막내에게도 물어봤는데 사건 현장에 나갔을 때 혼자서 단독 행동하는 경우가 종종 있었다고 하고…."

공 반장은 도무지 무슨 이야기인지 이해가 되지 않아서 물었다.

“그게 무슨 말이야. 뭐가 의심되는데.”

이 형사는 우물쭈물하다가 주머니에서 비닐봉지 하나를 꺼냈다.

“승현이 캐비닛에서 발견한 겁니다.”

곱게 싸여있는 비닐봉지를 열어보니 피 묻은 여자 스카프와 구겨진 사직서가 한 통 들어있었다. 승현이의 글씨체였다.

“언제 발견한 거지?”

“사실 반장님 나오시지 않은 날부터 승현이도 나오지 않았습니다. 무단결근할 놈이 아니라 연락을 해봤는데, 전혀 연락이 되지 않더라고요. 어제까지 기다리다가 혹시나 하는 마음에 몰래 승현이 주변을 좀 뒤져봤습니다."

"그럼 바로 수배 내려야지. 이렇게 확실한 증거가 있는데!"

"저도 혼란스러워서 고민하다가 반장님을 찾아온 겁니다. 이게 어떻게 된 일인지 저는 도무지 모르겠습니다."

공 반장 역시 머릿속이 하얘졌다.

'승현이가 왜 피 묻은 여자 스카프를 가지고 있는 거지? 아니 숨긴 것인가?'

공 반장은 피 묻은 스카프를 자세히 보기 위해 가까이 들어 올렸다. 분명히 여자의 것이었다. 그때 이 형사의 전화가 울렸다.

"이 형사님, 어디십니까? 큰일 났습니다. 네 번째 사건이 발생했습니다. 그런데, 이번에는 은천이 아니라 강원도 속초입니다. 그리고…."

수화기 너머로 다급한 막내의 목소리가 들려왔다. 전화를 받던 이 형사의 표정이 일그러졌다. 답답한 마음에 공 반장은 재촉해 물었다.

“사건? 그리고 뭐? 뭐가!? 어쨌는데?”

“승현이가…. 살인사건 현장에서 숨진 채 발견됐답니다.”

가슴이 철렁 내려앉았다. 조금 전까지의 분노와 혼란이 사라지고 갑자기 심장이 조여 오는 것 같았다. 현실을 부정하고 싶었다. 조금 전까지 범인과 한통속일 것으로 생각한 동료가 이제는 살해당했다는 사실이 전혀 믿어지지 않았다.

11

엘리트 형사

승현이는 귀여운 얼굴과 호리호리한 체구에 얼핏 보면 여자아이처럼 보였다. 그래서인지 유독 아이들에게 괴롭힘을 많이 당했다. 그럴 때마다 승현이는 전혀 반항하거나 싸우려 하지 않았고 오롯이 당하고만 있었다. 그걸 볼 때마다 나는 너무 답답했다. 그러던 어느 날 괴롭히던 무리 중 고릴라 같이 생긴 영철이가 승현이의 가방을 뒤지며 무언가를 발견한 듯이 외쳤다.

"야, 이거 봐봐. 이 새끼 하는 짓도 계집 같더니만 계집애 같은 물건 들고 다닌다."

손에 들린 것은 작은 손거울이었다. 승현이는 당황한 듯 얼굴이 빨개지며 돌려달라고 외쳤고 영철이와 무리들은 다 같이 합심하여 물건을 주고받으며 약을 올렸다.

승현이의 손거울을 던지고 받던 그들은 실수로 거울을 떨어뜨려 산산조각 내버렸다.

허탈한 듯 깨진 거울을 바라보던 승현이의 눈에는 눈물이 차오르는 듯 보였고 아이들은 다들 뭐가 신났는지 "와하"하며 비웃어댔다.

나는 승현이를 괴롭히며 즐겁게 웃고 있는 영철이에게 성큼성큼 다가가 발로 차 넘어뜨린 후, 그 위에 올라타 얼굴에 주먹을 마구 날려주었다.

곧이어 영철이 패거리들의 발과 주먹이 나에게 날아왔다. 다행히 선생님이 바로 오셨고 상황은 종료될 수 있었다.

나의 돌발행동 덕분인지 영철이 패거리는 더 이상 승현이를 괴롭히지 않았고 이 사건을 계기로 나는 승현이와 가까워졌다.

“왜 나를 도와준 거야?”

나는 무미건조하게 대답했다.

“그냥.”

“그날은 정말 고마웠어. 사실, 그 거울은 어머니의 유품이었거든 그래서 엄청 슬펐는데⋯.

네 덕분에 더는 괴롭힘 당하지 않아서 얼마나 좋은지 몰라. 그 자식들 나도 한 번쯤은 때려주고 싶었는데 할 수가 없었어.”

“누구나 할 수 있는 일이야. 너도 할 수 있어.”

“아니, 난 사람을 때리면 안 돼. 난, 경찰이 되어야만 하거든. 사고 치면 안 된다고.”

“왜 경찰이 되어야 하는데?”

"아버지가 경찰이야, 삼촌도 경찰이고 그래서 나도 경찰이 돼야 하거든."

"내가 볼 때 넌 경찰보다 다른 게 되고 싶은 것 같은데?"

승현이는 당황한 듯 말을 더듬으며 답했다.

"무, 무슨 소리야. 난 경찰이 되어야 한다고!"

"아니 뭐 그냥, 그래 넌 꼭 좋은 경찰이 될 것 같아."

"야, 너 나랑 같이 공부하자. 넌 공부도 잘하는데 왜 친구들과 안 어울리는 거야?"

"난 꼭 성공해야 하거든 그래서 공부할 시간도 부족해"

"넌 왜 성공해야 하는데?"

"남자니까, 남자라면 성공해야지"

"그래, 우리 이제부터 같이 공부하자. 너랑 계속 친하게 지낸다면 애들이 더 이상 괴롭히지 않을 것 같아!"

내심 기분이 좋았다. 하지만 친구와 함께하면 아버지가 싫어할 것만 같았다.

"그건 힘들 것 같아."

"왜? 나도 공부 잘하거든? 그러지 말고 함께 공부하자!"

승현이는 끈질기게 같이 공부하자고 매달렸다. 나 역시 승현이가 싫지는 않았다.

"그래 알았어."

그렇게 우리는 함께 공부한다는 핑계 아래 서로에게 친구가 되어 주었다.

승현이와 나는 비슷한 점이 많았다. 우리는 많은 이야기를 나누었고, 누구에게도 말하지 못한 마음속 이야기까지 터놓을 정도로 가까운 사이가 되었다.

어느 날 문득 승현이가 나에게 물었다.

"야 너는 꿈이 뭐야?"

"꿈? 그냥 성공하는 게 꿈이지"

"그러니까, 뭐로 성공할 건데?"

"음, 몰라 그냥 아버지가 시키는 대로 의사나 변호사 뭐, 이런 게 되어야 할 거야."

"뭐야? 넌 그럼 꿈도 없이 공부하고 있던 거야?"

"응, 그냥 아버지가 성공해서 우리 집안을 일으켜야 한다고 했어."

"뭐야, 그게 시시하잖아. 난 사실 진짜 꿈이 있어. 그건 바로 여행가야! 여행가가 돼서 세계를 돌아다니며 나랑 비슷한 사람이 있는지 알아보고 싶어."

'나랑 비슷한 사람'

승현이의 말이 내 심장을 찔러왔다.

"너랑 비슷한 사람 여기 있잖아"

그는 자신의 속마음을 들킨 듯 당황하며 말했다.

"뭐? 뭐가 비슷한 사람이야?"

나에게 반문하는 승현이의 눈동자는 불안하게 흔들리고 있었다.

"아, 아니다."

"뭔데? 너 나한테 뭐 숨기는 거 있지 어서 말해"

"그냥, 우린 비슷한 것 같아서 아버지가 정해준 꿈을 위해 살아가는 게 비슷하잖아"

"그렇지, 어휴~"

그렇게 함께하는 시간이 쌓일수록 나는 승현이에게서 나와 같은 동질감을 느꼈다.

승현이는 다른 남자애들과는 다르게 세심하고 꼼꼼한 성격이었다. 꽃도 무척 좋아해 길가의 꽃을 보면 멈춰 서서 초롱초롱한 눈빛으로 바라보고는 했다. 옷 가게를 지날 때면 화려한 장신구, 예쁜 옷, 화장품 등을 그냥 지나치지 못하고 유심히 살펴보고는 했다. 확실히 승현이는 보통의 남자아이와는 달랐다.

시간이 갈수록 나는 내 생각이 맞는지 확인해 보고 싶었다.

“승현아, 우리 친구 맞지?”

“뭐야, 갑자기 왜 이래?”

“나 사실 진지하게 너한테 물어보고 싶은 것이 생겼어.”

“뭐, 뭔데 그래?”

승현이는 약간 겁먹은 듯한 눈으로 나를 쳐다보며 물었다.

“너 여자가 되고 싶었던 적 없어?”

승현이는 당황한 듯 한동안 말을 잇지 못했고 자신의 비밀을 들켰다고 생각한 것인지 경계하는 말투로 물었다.

“갑자기 왜 그런 말을 하는 거야?”

"그냥"

승현이는 기분이 상한 듯 말투가 거칠어졌다.

"도대체 왜 나에게 이런 말을 하는 거야? 너도 내가 계집애 같다고 생각하는 거야?"

나는 진심으로 대답했다.

"아니야. 사실 난 어렸을 때부터 예쁘단 소리도 많이 듣고 자랐고, 나도 내가 예쁘다는 생각을 많이 했거든. 어떨 때는 차라리 내가 여자였으면 어땠을까 하고 생각도 많이 했었거든. 한번은 엄마 화장품이랑 옷으로 여장도 해봤는데 아버지에게 걸려서 두들겨 맞았었어.

그날 이후로 여장을 하거나 여자애들과 어울리지 않았는데, 너를 보다 보니까 나랑 비슷하다는 생각이 들어서 물어본 것뿐이야."

내 말을 들은 승현이의 얼굴이 벌겋게 달아올랐다. 한동안 침묵이 흘렀고 나는 무슨 말을 해야 할지 생각했다. 승현이가 먹먹한 목소리로 말했다.

"사실…. 나도 그래. 나도 어렸을 때부터 차라리 내가 여자아이였다면, 아버지가 무조건 경찰이 되라고 하지 않으셨을 텐데. 이렇게 약해 빠질 바에는 차라리 여자가 되는 게 더 나을 거라고 생각해 본 적 있어. 하지만 애들이 말하는 것처럼 난 남자를 좋아하거나 그런 게 아니야!"

악을 쓰듯 대답하는 승현이의 눈에는 눈물이 가득했다. 나는 더 이상 아무 말도 할 수 없었다. 그날 이후로 우리 사이는 멀어졌다. 왠지 전처럼 친하게 다가갈 수가 없었다.

승현이 역시 조금씩 나를 피하는 모습이었다. 상관없었다. 다시 이전으로 돌아간 것뿐. 그렇다고 승현이가 밉거나 싫어진 건 아니었다.

그렇게 사이가 어색해진 어느 가을, 우리 반은 특별활동으로 등산을 하게 되었다.

담임선생님은 시합을 제안했고 선생님보다 먼저 도착한 친구들에게는 짜장면과 탕수육을 사주신다 하셨다. 아이들은 모두 무리를 지어 내달리기 시작했지만, 평소에도 혼자인 나는 홀로 아이들의 꽁무니를 따라 터벅터벅 산을 올랐다. 시합 따위는 상관없었다. 산을 오르는 동안 단풍이 물든 산의 공기가 좋았고 시원한 바람에 기분이 평온해지는 것만 같았다.

홀로 한참을 오르다 보니 이미 반 아이들의 소리는 들리지 않았고, 조금 앞쪽에 역시 혼자 터덜터덜 걷고 있는 승현이의 모습이 보였다.

가까이 다가가 말을 건내며 같이 걷고 싶다는 생각이 들었지만 그만뒀다. 그냥 승현이가 내 인기척을 느끼지 못할 정도로 거리를 두고 조용히 따라 걸었다.

산 중턱의 계곡에 다다랐을 때, 앞쪽에서 실랑이하는 소리가 들려왔다. 높은 산은 아니었지만, 지형이 험난해졌고 발이라도 헛디디면 크게 다칠 것만 같은 골짜기였다. 나는 조심스레 그곳으로 향했다.

앞에는 무슨 장난을 치는 건지 영철이가 승현이를 뒤에서 팔로 감싸 안고 있는 것이 보였다. 승현이는 상체를 수구려 무언가를 뺏기지 않으려는 듯 저항하고 있었고, 영철이는 승현이를 압박하고 있었다.

"그만해"

나는 그들을 말리기 위해 소리치며 다가갔다. 내 목소리를 들은 승현이는 순간 벌떡 일어섰고 영철이는 넘어질 듯 휘청거렸다. 이때다 싶은 나는 영철이의 어깨를 뒤로 확 잡아당겼다.

"으악"

영철이는 중심을 잃으며 외마디 비명과 함께 나무 덩굴이 빽빽하게 들어찬 계곡 밑으로 떨어졌다. 순식간에 벌어진 일이었다. 승현이는 영철이가 떨어질 것을 예상하지 못한 듯 멍하니 서서 내 얼굴을 바라보았다.

나는 승현이에게 말했다.

"네가 영철이를 떨어트렸어"

승현이의 동공이 커졌다.

"아니야, 내가 그런 게 아니야! 나는, 나는"

우리는 천천히 영철이가 떨어진 곳으로 향했고 절벽 밑을 조심스럽게 바라보았다. 울창한 수풀에 쌓여 영철이의 모습은 보이지 않았다. 하지만, 계곡의 높이는 대략 10m는 넘어 보였고 누가 봐도 사람이 떨어진다면 살아있을 것 같지 않았다.

승현이의 몸은 불안함에 떨고 있었다. 나는 떨고 있는 승현이의 어깨를 감싸 안으며 말했다.

"괜찮아, 승현아. 이건 그냥 사고야. 우린 아무것도 몰라, 그냥 무사히 등산을 끝내면 돼, 우리는 영철이를 보지 못 한 거야"

승현이는 떨리는 목소리로 간신히 대답했다.

"어른들한테 알려야…. 구해야 해, 살아있으면?"

"여기서 어떻게 살아남아! 만약, 구하면, 영철이가 너를 그냥 둘 것 같아? 다시 옛날로 돌아가고 싶어? 넌 경찰이 되어야 하자나! 이게 알려지면 넌 경찰이 될 수 없어! 그렇다면 너희 아버지가 너를 어떻게 하실까?"

나는 자리에 주저앉아 버린 승현이의 두 눈을 바라보고 귓가에 조용히 속삭였다.

"너는 지금 사람을 죽였어! 하지만 난 절대 아무에게도 말하지 않을 거야. 너는 내 친구니까"

승현이는 울먹이며 말했다.

"내, 내가 사람을 죽였어…."

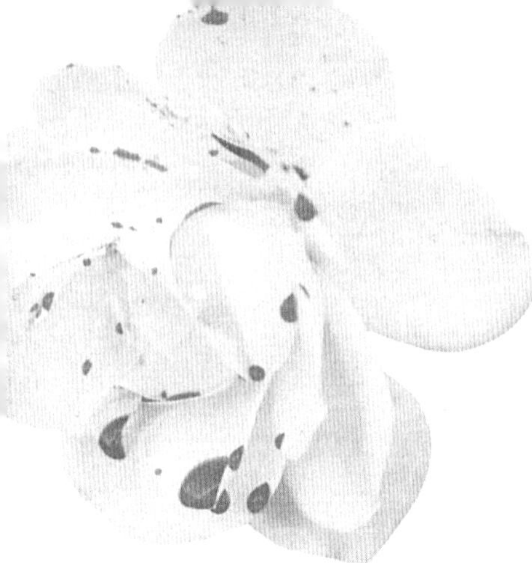

12

속초 현장

공 반장은 정신을 차리고 몸을 일으켜 이 형사와 함께 속초로 향했다.

"반장님, 지금 정직 중이신데 괜찮으시겠습니까?"

"서장 쪽은 내가 알아서 하마. 우선 출발하자"

현장으로 가는 차 안에서 승현이와 함께한 시간을 생각해 보았다. 누구도 그가 범죄자와 연관되어 있다고는 생각할 수 없었다.

“혹시, 승현이가 단독으로 범인을 쫓고 있었던 것은 아닐까요?

한참 생각에 빠져 있는 공 반장을 바라보던 이형사가 입을 열었다.

평소에도 조용하고 말이 없던 승현이었다. 누구보다도 명령과 규율에 엄격하고 꼼꼼한 성격이었다. 그랬던 그가 상부에 한마디 보고도 없이 혼자 범인을 추적했을 리가 없다. 공 반장은 머리를 가로저으며 말했다.

“아니, 그럴 리가 없다. 그 녀석 성격 모르냐? 그 꼰대 같던 놈이 명령 없이 움직이는 거 봤어?”

“그럼 승현이 캐비닛에서 발견된 피 묻은 스카프는 뭘까요? 범인의 것이 분명한 것 같은데, 왜 숨기고 있었던 걸까요? 범인과 아는 사이인 걸까요? 협박이라도 당한 건 아닐까요?"

'정말로 승현이가 무언가 숨기고 있었던 걸까?'

공 반장은 그가 처음 전입 받아 오던 날이 떠올랐다.

가족이 모두 서울 경찰청에 있다는 엘리트 출신의 형사가 왜 이 외곽까지 자원해서 왔는지 모두가 의아해했었던 기억이 났다.

'우리가 승현이에 대해 너무나 모르고 있었던 것은 아닐까?'

"이 형사, 우선 정보과에 연락해서 김승현 형사 배경이랑 모든 정보 요청해봐."

공 반장은 승현이가 범인과 아무런 연관이 없기를 바라며 시선을 창밖으로 돌렸다.

사건 현장은 속초 바닷가가 내려다보이는 조용한 산 중턱에 위치한 별장이었다. 공 반장은 주변을 둘러보았다. 크고 작은 별장들이 있는 것으로 봐서 주말을 보내기 위해 서울에서 온 가족 단위의 사람들이 찾는 곳 같았다.

'미혼인 승현이가 왜 이곳에 온 것일까?'

현장에는 이미 현지 경찰들이 조사를 진행 중이었다. 공 반장은 신분을 밝힌 후 조심스럽게 안으로 들어갈 수 있었다.

살해 현장은 참혹했다. 사슬로 손발이 묶인 시체가 나무 기둥 위에 걸려 묶여 있었다. 은천에서 벌어진 사건의 사체들과는 다르게 온몸이 갈기갈기 찢겨 있어 차마 눈뜨고 쳐다보기 힘들었다. 먼저 승현이를 찾기 위해 여기저기 방들을 살펴보았지만 찾을 수 없었다.

조심스럽게 사건 담당자에게 물었더니 공 반장을 밖으로 안내했다. 여러 대의 차들이 뒤섞여 세워져 있는 가운데 익숙한 승현이의 하얀색 SUV 차량이 눈에 들어왔다.

열려 있는 차 안을 들여다보니 왼쪽 가슴에 칼이 박힌 채 기대어있는 승현이가 보였다.

차 안은 언제나처럼 깨끗했다. 본인이 살해당하리라는 것을 생각 못 했는지 저항한 흔적 따위는 찾아볼 수 없었다. 동생 같던 동료의 죽음을 눈앞에서 보니, 눈시울이 뜨거워졌고 가슴이 송곳으로 찌르는 것처럼 아려왔다.

함께 밤을 새우며 잠복하던 날들, 여름휴가를 떠나 물놀이를 즐기던 시간, 고생하며 울고 웃던 시간이 주마등처럼 지나갔다. 지난날 함께했던 모든 순간이 떠올랐다. 허탈하게 서 있는 공 반장 곁으로 속초 경찰서 담당자가 말을 걸어왔다. 정신을 차려야 했다.

"우선 피해자 신분 확인부터 해주시죠."

"예, 저희 경찰서 소속의 김승현 형사 맞습니다. 혹시 안에서 발견된 피해자는 누구인지 신분 확인됐습니까?"

담당 형사는 별장 안의 사망자는 이종호라는 인물로 현재 은천시 시장의 아들로 밝혀졌다고 했다. 사망자들은 모두 같은 날 죽은 것으로 확인됐으며, 이 둘이 무슨 연관이 있는지는 아직 확인되지 않았다고 했다.

'이종호. 92년 총기사고의 주인공이자 이 시장의 혼외 자식'

옆에 있던 이 형사가 물었다.

"이종호요? 반장님, 아시죠? 이 자식 아버지 빽 믿고 골프 한답시고 은천에서 양아치 짓하고 다니는 거로 유명하잖아요. 도박장에서도 몇 번 걸렸었고."

'승현이는 이종호와 무슨 관계였던 것일까?'

공 반장은 머리가 깨질 것만 같았다.

13

88사단 보급부대

거친 남자들과 함께 생활한다는 것이 두렵기도 했지만, 이제 나는 소년이 아니다.

나는 최고의 대학에 들어가 사회로부터 인정받은 인재였고, 그 누구도 나를 무시할 수 없다. 이제는 어디서도 쉽사리 당하지만은 않을 것이었다. 훈련소 생활은 생각보다 괜찮았다. 학생 때처럼 괴롭힘을 당해 싸울 필요가 없었다.

다 함께 힘든 훈련을 헤쳐 나가며 끈끈한 유대관계가 형성되었다. 이들과 함께하면 전쟁에 나가도 이길 수 있을 것만 같았고 서로가 서로에게 큰 힘이 되었다.

5주간의 훈련이 끝나고 동기들과 지금의 마음가짐 잊지 말고 자대에서 군 생활 잘한 후 사회에서 보자며 연락처를 주고받았다. 이들과는 평생의 좋은 친구가 될 수 있을 것만 같았다. 하지만 자대 생활을 시작하니 훈련소의 기억은 전혀 나지 않았고 연락을 하거나 해온 친구는 한 명도 없었다. 훈련소는 그냥 그렇게 지나가 버리는 곳이었다.

진짜 군대는 자대 배치를 받은 순간부터였다. 간부의 고함 속에 끌려가다시피 도착한 자대의 첫 느낌은 초등학교가 떠올랐다. 벽돌로 지어진 반듯한 건물에는 담쟁이덩굴이 반쯤 뒤덮여있었다. 훈련소에서 받은 기운 때문인지 이곳에서의 생활이 기대되었고 그 기대가 나의 큰 착각이었음을 깨닫는 데는 반나절도 걸리지 않았다.

안내받은 내무반의 첫 느낌은 칙칙하다 못해 공포감에 등골이 오싹했다. 어두운 표정의 까무잡잡한 사내들이 퀭한 눈빛으로 나를 바라보았다. 나는 바짝 긴장한 채, 어찌할 바를 몰랐고 간부는 신병을 잘 챙겨주라는 말과 함께 사라졌다. 호리호리한 사내들이 나의 더블 백을 풀어 물품들을 관물대에 정리해 주었다. 오동통하게 살이 올라 황소개구리같이 생긴 사내 한 명이 내 옆으로 웃으며 다가와 물었다.

"오~ 반반하게 생겼는데. 그래 자네는 어디서 살다 왔는가?"

"저는 홍천에서 살다 왔습니다."

"홍천이 다 너희 집이냐?"

"아. 홍천군 대방리에서 살다 왔습니다."

"그래. 누나나 여동생은 있나?"

"여동생 있습니다."

"예쁘냐?"

"네. 예쁩니다."

“그래, 널 닮았으면 예쁘겠구나. 애들아, 새로운 신병이 왔으니 환영식을 시작해야지!”

주변에 앉아있던 사내들이 일어나 일사불란하게 무언가를 준비하는 듯 보였고 세 명의 사내가 성큼성큼 내 등 뒤로 다가와 양쪽에서 어깨를 잡았다.

“윽”

단발의 신음과 함께 나는 내무반 바닥에 무릎 꿇려졌다. 온몸의 신경이 날카롭게 위험을 알려왔다. 몸을 움직일 수 없었다. 바로 코앞에서 그 남자의 목소리가 다시 들렸다.

“이번 신병의 혀 놀림은 얼마나 좋을지 기대가 되는데.”

벨트가 풀리는 소리가 들리고 연이어 바지의 단추가 풀리는 소리까지 들렸다. 설마 하는 생각과 함께 온몸에 소름이 올라왔다. 바지를 벗으며 살이 쓸리는 소리와 함께 야릇한 남자의 목소리가 들렸다.

"신병, 입을 크게 벌리도록"

지금 이게 무슨 상황인지 이해할 수 없었다. 다만 순순히 따르지 않으면 큰일이 날 것 같다는 생각이 들었고 어쩔 수 없이 천천히 입을 열었다. 그리고 그것이 나의 입으로 들어왔고 생각보다 큰 사이즈에 입을 더 벌려야 했다. 목구멍 깊숙이 그것이 꽂혔고 헛구역질이 나오려고 했다. 어떻게 반응해야 할지 도저히 알 길이 없었다. 그것은 나의 입을 수차례 왔다 갔다 했다. 난 그저 침을 조금씩 삼키며 어떻게 반응해야 할지 고민했다.

마음 같아서는 꽉 깨물어 버리고 싶었지만 그렇게 했다가는 큰일이 날것을 알기에 그저 입을 벌린 채, 어서 이 상황이 끝나기만을 기다렸다.

주변의 신음 소리와 킬킬거리는 야유가 점점 격렬해지는데 누군가 소리쳤다.

"지금이다!"

그 말과 함께 그것은 내 입속에서 빠져나갔고 동시에 입속으로 차가운 액체가 들어왔다. 이윽고 나의 시야를 가리고 있던 수건이 벗겨지고 흐릿했던 시야가 점차 뚜렷해지면서 반대편 침상에 있던 사내들의 웃음을 참는 표정이 보였다. 나는 입속에 있는 이것을 어떻게 해야 할지 고민에 빠졌고, 누군가 귓가에 소리쳤다.

"삼켜"

나는 헛구역질이 나는 걸 꾹 참고 삼킬 수밖에 없었다. 달콤한 맛이 올라왔다.

그 사내가 느끼한 목소리로 물었다.

"맛은 어떠한가?"

기분 나쁜 맛일 것이라 생각했지만, 생각보다 달콤했기에 솔직하게 말했다.

"다, 달짝지근합니다."

모두가 웃음을 터트리며 한마디씩 떠들어대는데 뭐라고 하는지 들리지 않았다. 내가 지금 무슨 일을 당한 것인지 전혀 파악되지 않았다. 그 사내는 웃음을 참으며 말했다.

"당연히 달지 케첩이니까!"

나는 아직도 얼떨떨한 상태로 굳어 있었고 지금 이 상황이 어떻게 돌아가는 것인지 파악하기 위해 머리를 굴렸다. 그 사내는 나의 손에 분홍 소시지를 쥐여 주며 말했다.

"남기지 말고 맛나게 꼭꼭 씹어 먹도록 하하하."

이제야 상황이 어떻게 돌아가는 것인지 알 수 있었다. 그저 상상력을 자극해 신병을 괴롭히기 위한 하나의 놀이였던 것이다. 나중에 알게 된 사실이었지만, 그날 내가 순순히 복종한 것은 천만다행이었다. 그런 나의 모습에 선임들은 나름 친절히 대해 주었던 것이다. 만약 반항을 했거나 그 상황을 즐기는 것처럼 굴기라도 했다면, 내 군 생활은 완전히 꼬일 수 있었다는 것은 한참 뒤에나 알 수 있었다.

그렇게 시작된 나의 자대 생활은 훈련받으랴, 선임들 허드렛일하랴, 눈치 보랴, 눈코 뜰 새 없이 바쁜 하루하루를 보냈다. 함께 들어온 동기는 체격은 좋았지만, 체력이 약했고, 훈련을 나가서도 항상 실수를 연발하여 간부들에게 혼나기 바빴다.

항상 킁킁거리며 손가락 냄새를 맡는 버릇은 그를 어딘가 더 모자라 보이게 만들었다. 그래서인지 그는 선임들의 표적이 되어 괴롭힘당하거나 욕먹기 일쑤였다.

우리의 군 생활은 순탄치 않았고 시간은 더디게 흘러갔다. 욕을 먹거나 집합하여 맞는 일은 일상이었기에, 시한폭탄처럼 언제 터질지 모르는 선임들의 심기를 건드리지 않기 위해 노력했다. 그러나 나는 선임들에게 잘 보여 그런지 따로 불려 나가는 일은 거의 없었다. 하지만 그것도 오래가지 못했다.

시간이 흘러 현종,철이 최고참 실세가 되면서 진정한 괴롭힘이 시작되었다. 기상나팔이 울리면 우리는 현 병장의 신경질적인 소리에 잔뜩 눈치를 보며 일어났다.

"아오! 씨팔, 진짜 너희의 합창 연주 덕분에 한숨도 못 잤다. 가뜩이나 전역 후에 뭐 할지 고민도 많은데 엔간히 코를 골아야지!"

그는 나와 몇몇 후임에게 삿대질하며 말했다.

"야 너희는 오늘부터 방독면을 쓰고 자라. 알겠냐?"

지목을 받은 우리는 기어들어가는 목소리로 대답을 했다.

"네, 알겠습니다."

"어쭈, 목소리 봐라?"

우리는 어쩔 수 없이 우렁차게 대답했다. 예전부터 코를 골며 잔다는 이유로 휴지로 코를 막거나 빨래집게로 집어버린 적도 있었지만, 방독면을 쓰고 자라고 할 줄은 상상도 못 했었다. 방독면을 착용하고 취침하는 것은 숨쉬기조차 힘들었다.

그래도 사람이 참 신기한 동물인 것이, 훈련을 받고 나면 피곤함에 지쳐 그 힘든 상황에서도 바로 잠에 빠져들었다. 하지만 방독면을 착용한다고 해서 코골이가 사라지는 것은 아니었다.

우리는 매일 아침이면 어김없이 현종철로부터 날아오는 욕설로 하루를 시작했고 일과의 끝은 현종철의 명령 아래 몽둥이 찜질을 당하는 것으로 마무리했다.

하나부터 열까지 모든 것이 합당하지 않았다. 모든 면에서 나보다 모자란 것들이 단지 나보다 먼저 들어왔다는 이유로 내 위에서 군림하고 있었다.

어느 것 하나 이해할 수 없었다. 이런 것들로 인해 욕을 먹거나 구타를 당하는 것은 불합리하다고 생각하며 마음속으로 언젠가는 복수를 하겠다고 다짐했다. 나의 마음을 아는 듯이 선임들은 점점 더 악랄하게 우리를 괴롭혔다.

처음에 박정호 병장은 나름 괜찮은 선임이었다. 그는 욕설을 하거나 때리지 않았다.

하지만, 그것이 내 착각이라는 것을 깨닫기까지는 오랜 시간이 걸리지 않았다. 그는 누구보다 악질이었다. 몰래 뒤에서 선·후임병들을 이간질해 분란을 조성하고 뒤에서 희희낙락 지켜보는 악취미를 가지고 있었다. 대부분 사건의 시작이 박 병장의 귓속말에서 시작된다는 사실을 알게 된 것은 얼마 지나지 않아서였다.

하루는 일과가 끝나고 내무반에서 빨래를 정리하고 있는데 그가 나에게로 다가와 귓속말을 건넸다.

“야, 이건 내가 탈의실에서 들은 건데 어떤 이등병이 네가 여자같이 생겨서 샤워할 때마다 눈길이 간다고 하더라. 내가 나서기도 뭣하고 그래서 그냥 못 들은 척하긴 했는데 당사자인 너한테는 이야기해 줘야 할 것 같아서 말이지”

나는 어이가 없고 화가 났기에 목소리가 커졌다.

“누가 그런 말을 했습니까?”

박 병장은 나의 뒤통수를 때리며 말했다.

"이 새끼 봐라. 지금 선임한테 화내는 거냐?"

"아닙니다. 잠깐 흥분해서 그랬습니다. 누가 그랬는지 말씀해 주실 수 있으십니까?"

"아, 곤란한데…."

"그냥 누군지만 알려주시지 말입니다"

"음, 그 막내"

"요번에 새로 들어온 이등병 말씀하시는 거 맞습니까?"

"그래, 요즘 이등병 새끼들이 빠져가지고, 미친 것 같지 않냐?"

나는 도저히 화를 참을 수 없어 곤장 밖으로 찾아 나섰다. 화단에서 군화를 닦고 있는 그 이등병을 발견하자마자 멱살을 잡았다.

"이 새끼야, 네가 나한테 여자 같다고 했냐?"

깜짝 놀라 당황한 이등병은 말했다.

"네?"

"네에? 이등병 새끼가 미쳤나? 네가 나보고 여자 같다고 했냐고!"

"아닙니다. 절대 아닙니다."

나는 너무나도 화가 나서 이등병의 얼굴을 한 대 치려 했다. 그때 웃으며 뒤따라 나오던 박 병장은 깜짝 놀라 소리쳤다.

"동작 그만"

박 병장의 말에 나는 동작을 멈췄고, 그는 내 옆으로 다가와 당황한 듯 말했다.

"미쳤냐? 일병 주제에 어디서 손이 올라가?"

그의 말에 나는 어쩔 수 없이 치미는 화를 누르며 팔을 내리고 잡았던 이등병의 멱살을 풀었다. 그러자 박 병장이 말을 이었다.

"야, 네가 샤워실에서 이 새끼 예쁘게 생겼다고 했잖아."

이등병은 놀란 눈으로 대답했다.

"박정호 병장님께서 예쁘게 생기지 않았냐고 물어보셔서 그렇다고 대답했을 뿐입니다."

박 병장은 머쓱하게 웃은 후, 윽박지르며 말했다.

"예쁘다는 말이 뭐 여자 같다는 말이나 다름없지. 야, 이등병 그만 괴롭히고 빨리 올라가서 내무반 청소나 해라"

나는 너무나도 어이가 없어 박정호를 한 대 후려치고 싶은 마음이었다.

그 이후로 나는 박 병장이 다른 병사들에게 다가가 귓속말로 이간질하여 갈등을 만들고는 본인은 뒤에서 웃고 있는 모습이 눈에 보이기 시작했다.

다행인지 더 이상 나에게는 귓속 말을 하지 않았지만 가끔씩 조용히 등 뒤로 다가와 내 귓불을 튕기고는 했다. 마치 '너는 마음에 안 들어'라고 경고를 주는 것 같았다.

마지막으로 문혁준 상병은 항상 말이 많은 사람이었다. 언제나 여기저기 참견하며 오지랖을 부리고 입에서 나오는 것은 오직 잔소리와 욕설뿐이었다. 행동 또한 매우 가벼워 걸핏하면 손이 올라가고 때리는 액션을 하여 후임들의 기피 대상 1호였다.

봄이 끝나갈 무렵, 나는 문혁준 상병과 야간근무를 같이 나가게 되었다.

야간경계근무는 1시간 30분 동안 초소에서 주위를 살피며 수상한 사람이 있는지 부대 내에 특이사항이 발생하지 않았는지를 확인하는 일이었다. 하지만 대부분 선임은 졸고 후임은 홀로 밀려오는 잠을 쫓으며 눈을 부릅뜨고 망보기 바빴다. 간혹 수다를 떨거나 담배를 피우는 일도 있었다.

나는 그와 야간경계근무를 나가며 워낙 말이 많은 인간이니, 이야기만 잘 들어주고 호응만 잘해준다면 편할 것이라 생각했다. 그는 초소로 들어오자마자 구석에 총을 세워두고는 차가운 목소리로 말했다.

"야, 졸리니까 잠이 확 깰만한 재밌는 이야기 좀 해봐라."

나의 예상과는 다른 그의 행동에 당황스러워 그를 쳐다보며 대답했다.

"잘못 들었습니다?"

"똑같은 말 반복하게 할래? 재밌는 이야기해보라고."

"조금만 시간을 주실 수 있겠습니까?"

인상을 찌푸리며 짜증 난다는 듯이 말했다.

"하, 그래 3분 준다."

내 인생에서 누군가에게 해줄 재미난 이야기란 전혀 없었기에 나는 3분이 지나도 꿀 먹은 벙어리처럼 아무 말도 할 수 없었다. 그는 매서운 눈으로 나를 쳐다보며 소리쳤다.

"뭐냐? 지금 묵언수행 하냐? 어릴 적 재밌었던 일이라도 이야기해 봐"

"어릴 적에 이사를 자주 다녀서 친구가 없었습니다…."

문 상병은 어이가 없는 듯 나의 말을 끊고 근무가 끝날 때까지 온갖 폭언과 욕설을 퍼부었다. 다음날도 마찬가지로 그와 경계근무를 나갔다. 그는 나에게 재미있는 이야기가 없으면 노래라도 부르라고 명령했다. 역시나 아무 생각도 나지 않던 나는 군가도 불러보고 옛날에 들었던 재미있는 이야기도 쥐어짜봤지만 돌아오는 것은 그의 구박과 욕설뿐이었다.

온갖 구박을 받으며 하루하루를 지내 던 어느 날 그는 나에게 벌칙을 준다며 낚시놀이를 하자고 했다. 그는 나에게 총을 거꾸로 돌려 내밀며 두 손으로 총구를 잡게 했다. 총을 낚싯대 삼아 물고기를 잡는 시늉을 시키며 낚싯대인 총을 절대 놓치지 말고 꼭 잡고 있어야 한다고 했다. 처음에는 들고 있을 만했으나 손목의 힘으로 총구 앞을 잡고 오랫동안 버티기는 쉬운 일이 아니었다. 그보다 더 무서운 것은 끼워져 있는 탄창이었다. 안전장치는 걸려있었지만, 탄창이 끼워져 있는 총구를 눈앞에 잡고 있는 것은 심리적으로 엄청난 압박감을 주었다.

그와의 경계근무는 일주일간 지속되었고 육체적 구타는 없었지만, 괴롭힘과 공포심은 전혀 줄어들지 않았고 그로 인한 정신적 스트레스와 분노는 쌓여만 갔다. 그를 총으로 쏴 죽여 버리고 싶다는 생각을 하게 될 무렵 다른 병사로 근무표가 바뀌었다. 아마도 문혁준은 내 분노를 눈치채고 화를 당할까 봐 미리 손을 쓴 것 같다는 생각이 들었다.

그렇다고 모두 악랄하거나 사람을 괴롭히는 놈들만 있었던 것은 아니었다. 수십 명의 무식한 남자들 속에서도 자연스럽게 내면의 본성이 흘러나오며 멋있다고 생각이 드는 선임도 있었다. 김재중 병장이 그랬다.

미국에서 공부하다 들어온 엘리트로 생긴 것도 멋있었지만, 탄탄하고 건장한 몸에 부드러운 성격으로 언제나 후임들에게 친절했다. 나는 그와 친해지고 싶었다. 부대 안에서 그만이 나와 이야기를 나눌 자격이 있는 사람이었다. 그도 나의 존재와 가치를 알기를 바랐다. 삭막한 군부대 안에서 그만이 나를 이해할 수 있었다. 나는 그와 많은 시간을 보내기 위해 노력했다.

"김 병장님, 진심으로 고민이 있는데 시간 좀 내주실 수 있겠습니까?"

"응, 그래 무슨 일인데?"

"조용한데서 단둘이 이야기해 주실 수 있겠습니까?"

"왜? 요즘 힘든 일 있어?"

"네, 그렇습니다."

"그래, 어디로 가서 이야기할까?"

"뒤뜰로 가시지 말입니다."

우리는 함께 뒤뜰로 향했고 나무벤치에 앉아 이야기를 시작했다.

"김 병장님, 사실 힘든 일이 있는 것은 아닙니다. 이건 제 친구 이야기인데, 친구가 남자를 좋아하고 있다는데 어떻게 해야 하는지 궁금해서 여쭙니다. 저는 절대, 절대 이해가 안 돼서 그러는데, 김 병장님은 남자가 남자를 좋아한다는 것에 대해 어떻게 생각하십니까?"

그는 조금 당황한 듯 잠시 생각을 하더니 대답했다.

"어…. 뭐, 아직까지 우리 사회에서는 용납할 수 없겠지만 좀 더 시간이 지나면 가능하지 않겠어? 미국이나 유럽은 많이 이해를 하고 있다고도 하고. 왜 네 이야기야?"

"아닙니다. 전 여자 좋아합니다."

"언제든 말만 해, 난 다 이해하니까."

"감사합니다."

나는 자주 그와 단둘이 대화를 나누기 위해 노력했고 그와 이야기를 나누는 시간은 군 생활에서 유일하게 안식을 느낄 수 있었다.

어느덧 나는 상병이 되었고 김재중 병장의 전역은 다가오고 있었다. 하루하루가 아쉽던 어느 날, 나는 내 인생에서 가장 비참한 사건을 겪게 되었다.

저녁 점호가 끝나고 취침을 하기 위해 누웠다. 어떻게 해야 김 병장에게 나의 마음을 전할지 고민에 빠져 있었다. 부스럭거리는 소리가 들리더니 누군가 내 귓가에 속삭였다.

"야, 화장실로 조용히 나와"

오늘은 아무 문제 없이 지나갔다고 생각했는데 갑작스러운 집합에 느낌이 좋지 않았다. 그렇게 화장실로 발걸음을 옮기니 이종호 병장이 서 있었고, 후임들이 삼 열 종대로 뒷짐을 지고 있었다. 나는 맨 뒷줄로 가서 섰다. 탐탁지 않은 표정으로 우리를 훑어보던 이 병장은 나를 불러냈다.

"너 이 새끼, 요즘 김 병장 옆에 찰싹 붙어서 다니던데, 둘이 뭘 하고 다니냐?"

그는 내 어깨에 손을 얹으려다가 더러운 것을 만지면 안 된다는 듯 멈칫하더니 손가락으로 나를 가리키며 말했다.

"니들도 요즘 봤지? 이 새끼가 매일 김 병장만 쳐다보고 있는 거. 눈빛 봤냐? 이 새끼 이거 게이 아냐?"

다들 깜짝 놀란 듯 나를 바라볼 뿐, 아무도 대답을 하지 않았다.

"뭐야, 다들 몰랐던 거야? 그래, 뭐 그럴 수 있지"

그는 계속해서 비아냥거리며 말했다.

"너 남자 좋아하지? 그치? 너 김 병장 좋아하지? 게이지? 남자랑은 자봤냐? 어? 야, 말해봐, 말을 해보라고 이 자식아?"

나는 모든 사람 앞에서 치부를 들킨 것 같아 분하고 무서웠다. 온몸이 부들부들 떨리면서 눈물이 나올 것 만 같았다. 하지만 그들에게 눈물을 보일 수는 없었다. 나는 눈을 질끈 감았다. 아무런 대답도 할 수 없었고 가만히 서 있을 수밖에 없었다. 이 병장이 분노 가득한 목소리로 소리쳤다.

"이 정신병자 새끼야!"

불같은 고통이 옆구리를 강타했고, 나는 그대로 고꾸라졌다. 바닥에 쓰러진 나는 그의 발길질을 고스란히 맞고 있을 수밖에 없었다. 그때였다.

"그만 하시지 말입니다."

아무도 나서지 않는 상황에 이찬성이 앞으로 나오며 말했다. 이 병장은 잡아먹을 듯한 눈빛으로 찬성이를 노려보았다.

"뭐? 너 지금 뭐라 그랬냐?"

찬성이는 아픔으로 일어나지도 못한 채 쓰러져 있는 나를 일으켜 세우며 말했다.

"이 병장님, 이제 그만하시지 말입니다."

눈물과 콧물로 범벅이 된 얼굴을 옷소매로 한번 훔치며 주변을 둘러보았다. 겁에 질린 채 나를 괴물처럼 바라보는 후임들의 시선이 느껴졌다.

"이 새끼 봐라, 이등병이 겁대가리를 상실했네. 야, 이 새끼 잡아"

이 병장은 머뭇거리는 후임들에게 소리를 질렀다. 잔뜩 겁을 집어먹은 듯 서 있던 후임들은 이찬성의 양팔을 잡았다. 그는 이찬성에게 다가가 속삭이듯 말했다.

"너 오늘 잘 걸렸다. 야, 신병 환영식 기억하지? 이 자식 바지를 벗긴다. 실시!"

찬성이는 반항하며 벗어나려 했지만, 양팔과 다리를 붙잡혀 움직일 수가 없었다.

이 병장은 옆으로 다가가 강제로 바지를 벗기려했다. 찬성이는 몸부림치며 버텼다.

화가 난 이 병장은 찬성이의 가슴을 발로 차버렸다. 그리고는 벽에 튕겨 쓰러진 찬성이를 마구잡이로 밟아댔다. 그래도 분이 안 풀렸는지 멍하게 쳐다보고 있던 나에게로 시선을 돌려 내 빰을 후려쳤다. 다시 쓰러진 나에게도 여지없이 그의 발길질이 쏟아졌다. 얼마의 시간이 흘렀을까, 화장실 문이 열리며 누군가 소리쳤다.

"당직 사관 떴습니다."

그는 발길질을 멈추며 "씨발, 새끼들 운 좋네. 튀어" 소리와 함께 문을 쾅 차고 나갔다.

후임들도 하나둘씩 화장실 밖으로 빠져나가는 소리가 들렸다. 온몸에 밀려오는 통증과 치욕스러운 감정이 뒤섞여 몸을 일으킬 수 없었다.

'내가 왜 지금 이런 곳에서 고통받고 있는 걸까? 내가 뭘 잘못한 걸까? 나는 잘못한 것이 없다. 버러지 같은 자식들, 사회에서라면 나와는 상대도 할 수 없는 것들이 먼저 군대에 왔다는 이유만으로 내 위에서 군림하고 있다. 모든 사람이 인정하는 내가 이런 모욕을 당하고 있어야 하다니 도저히 용서할 수 없다.'

그러자 아픔보다는 분노가 차올랐다.

"괜찮으십니까?"

찬성이가 나를 일으키러 다가왔다. 나는 웃으며 말했다.

"저 자식 죽일 거야."

찬성이가 처음 이곳에 왔을 때가 기억났다. 여느 때와 다름

없이 신병 환영식을 준비하며, 이번 신병은 어떤 반응을 보일지 다들 기대에 부풀어 있었다. 드디어 김 상사가 신병을 데리고 생활관에 들어왔고 잘 챙겨주라는 말을 남기고 나갔다.

이종호 병장은 신병에게 다가가 이름을 물었고 그는 "이병, 이. 찬. 성"이라고 늠름하게 대답했다.

호구조사를 마치고 "애들아, 새로운 신병이 왔으니 환영식을 시작해야지!"라는 신호와 함께 일사불란하게 환영 작업을 시작했다.

이 병장은 찬성이에게 입을 벌리라고 했지만 입을 열지 않았다.

종종 이런 깡다구 좋은 신병들이 있었기에 이 병장은 후임을 시켜 강제로 입을 벌리게 했고 억지로 소시지를 밀어 넣었다. 이럴 때 대부분의 반응은 혀로 밀어내거나 헛구역질을 하며 발버둥 치는데, 그는 이빨로 강하게 깨물었다.

소시지는 잘려나갔고 입속으로 들어간 소시지는 바로 뱉어져 나왔다. 소시지의 파편들은 이 병장의 반쯤 내려진 바지 속으로 튕겨 들어갔다.

생활관에 정적이 흘렀고 이 병장은 이성을 잃은 듯 찬성이의 뺨을 세차게 후려쳤다.

그 날 이후로 찬성이는 선임들의 표적이 되었고 특히나 이 병장은 찬성이를 단단히 벼르고 있는 상태였다. 그렇기에 나는 화장실 사건이 일부러 찬성이를 노린 게 아닌가 하는 생각도 들었다.

그날 이후부터 우리는 취침시간이 시작되고 5분 후면 화장실로 불려가 이유 없는 구타와 괴롭힘을 당해야만 했고 온몸에 성한 구석이 없었다. 나는 왜 이 병장이 나를 괴롭히는 것인지 그 이유를 알 수가 없었다. 평소에도 나를 힘들게 하는 녀석들을 죽여 버리고 싶다는 생각을 종종 하곤 했지만, 지금처럼 머릿속에 뚜렷하게 자리 잡은 것은 처음이었다. 언젠가는 반드시 나를 힘들게 한 모두에게 합당한 대가를 치러주겠다고 마음속으로 굳게 다짐했다. 그렇게 지옥 같은 며칠이 지나고 예고치 않은 사고가 찾아왔다.

여느 때와 같은 아침이었다. 평소와 다름없는 기상나팔이 울렸고, 자리에서 일어나 정리를 하고 점호 준비로 정신이 없었다. 그런데 밖의 분위기가 이상했다. 몇몇 선임들이 수군거리는 소리가 들렸고 아침 점호 대신 내무반에서 대기하라는 명령이 떨어졌다.

내무반을 쭉 돌아보니 이종호 병장과 찬성이가 보이지 않았다. 전체 점호를 생략하고 내무반 전수조사를 한다는 통보를 받았다. 무슨 일이 발생했는지 전혀 알 수 없는 상태에서 내무반에 앉아 대기하는데 몇몇 선임들이 이야기하는 것을 들을 수 있었다.

어젯밤에 총기사고가 있었기에 부대가 발칵 뒤집힌 것이라는 내용이었다. 시간이 조금 지나자 김 상사가 내무반으로 들어와 어젯밤에 이종호 병장과 이찬성 이병이 경계근무를 하는 도중 총기 오발사고가 발생해 경위를 조사 중이라는 말을 전했다. 총기 오발사고라니, 믿을 수가 없었다.

김 상사는 오늘은 일과 없이 헌병대와 함께 개인 면담이 이루어질 것이라고 전했다.

'총기 오발사고인데 왜, 개인 면담을 한단 말인가? 분명 무슨 일이 벌어진 거다.'

막내부터 차례대로 면담은 이루어졌고 오후가 되어 내 차례가 되었다. 헌병대의 조사라는 말에 강압적인 조사와 분위기 그리고 왠지 모를 두려움이 느껴졌지만 별다른 것은 없었다. 그들은 편하게 이야기할 수 있도록 해주었고 이종호 병장과 이찬성 이병의 관계에 대한 질문들을 했다.

나는 이 병장이 일방적으로 찬성이를 괴롭히고, 나와 다른 후임들에게도 폭력을 행사한 일들에 대해서도 모두 진술하였다. 그동안에 부대 내에 있었던 악행들도 차례대로 설명했다.

내무반에 돌아오자 모두 총기 사고에 대한 이야기뿐이었다. 어젯밤 둘이 경계근무를 나갔고 찬성이가 이 병장을 죽이려고 총을 쐈지만 맞지 않아 서로 몸싸움을 하다 찬성이가 총에 맞았다는 것이었다. 다행이었다. 이종호가 살아있어서….

그렇게 조사는 계속되었고 같은 내용을 반복해서 진술하며 며칠간 지루한 시간을 보내고 나서야 모든 조사가 끝이 났다.

항간의 소문에 의하면 이 병장의 친인척 중 누군가가 군대에서 계급이 높아 사건을 무마했다는 이야기가 있었고 또 다른 이야기는 현재의 연대장이 진급심사를 앞두고 있어 뇌물을 주고 사건을 덮었다는 이야기도 있었다.

우리는 그렇게 아무 일 없었다는 듯, 다시금 일상으로 돌아왔다. 대략 이 주일이 지났을 무렵 복부에 붕대를 감은 이종호 병장이 돌아왔고, 사건에 대한 자세한 설명은 없었다.

이 사건 이후 한동안은 부대 내에서 부당한 행위는 사라진 것처럼 보였다. 하지만 약하고 어리바리한 후임들은 변함없이 선임들의 잔심부름과 욕설, 괴롭힘을 당하고 있었다. 내 동기인 기남이도 그중 한 명이었다. 원래도 느릿한 성격에 어딘가 모르게 모자라 보이는 나의 동기는 상병이 되었지만, 여전히 선임들에게 구박을 받고 있었다.

"권기남, 내무반 꼴이 왜 이 모양이야 애들 관리 안 하나?"

"권 상병, 군 생활 이미 끝나셨나 봅니다? TV도 보고 계시고…."

"상병이 엉망이니 후임들이 맘대로 PX를 들락거리고 있지!"

후임의 잘못도 전부 기남이에게 화살이 되어 돌아왔다. 어수룩하기는 해도 주변 사람을 잘 챙기고 밝은 모습이었던 기남이는 점점 말도 없이 어두워져만 갔다. 심지어 팔과 가슴 부위에 멍 자국이 보이는 날도 있었다.

"야, 혼자 모하냐?"

나는 혼자 벤치에 앉아있는 기남이에게 몽쉘통통 한 박스를 던져주었다.

"....."

"너 오늘 생일이자나. 힘내. 저 자식들 전역할 날 얼마 안 남았어. 지들이 언제까지 여기서 대장 노릇 하겠어. 조금만 참아. 세상은 왜 저렇게 나쁜 놈들이 설치고 다니게 두는 걸까? 너처럼 좋은 사람은 힘들게 하고, 그치? 세상엔 나 같은 사람이 많아야 하는데 말이지. 이렇게 너 챙겨주는 사람 없지?"

기남이 검지손가락에 흉터가 눈에 들어왔다.

“이거 문혁준이 그런 거지?”

그는 고개를 끄덕이며 조심스럽게 입을 뗐다.

“응. 분명 그때 실수라고 했는데, 나도 알아 고의로 그랬다는 거 일부러 못이 아닌 내 손가락을 친 거였어.”

“그리고 또 누가 널 힘들게 했어?”

“박정호도 내가 치료받고 온 다음부터 얼마나 괴롭혔는지 모를 거야. 애들이 잘못한 것도 다 내가 후임 교육을 똑바로 안 시켜서 이런 일들이 생긴 거라고 혼나고…. 언젠가는 그놈들도 우리를 괴롭힌 대가를 받았으면 좋겠어.”

“당연하지. 그 자식들도 때가 되면 마땅한 벌을 받게 될 거야. 내가 반드시 벌을 줄 거야 찬성이의 몫까지 갚아 줄 거야.”

내 말을 들은 기남이는 애꿎은 땅바닥을 신발 끝으로 툭툭 파내며 말했다.

"최대한 큰 벌을 받았으면 좋겠어."

"잊지 말고 꼭 기억해둬. 기회가 찾아오면 너도 반드시 나를 도와줘야해."

"그래 물론이야."

그렇게 시간은 흘러 선임들은 한 명씩 전역하고 나도 병장이 되었다. 그리고 오지 않을 것 같았던 전역 날이 다가왔다. 나에게는 전역 전 관례처럼 하는 모포말이 장난이나 간단한 작별파티도, 이별의 편지를 주는 후임도 없었다. 그저 형식적인 도열을 끝내고 무의미한 박수와 조롱 섞인 야유를 뒤로하고 부대를 걸어 나와야만 했다.

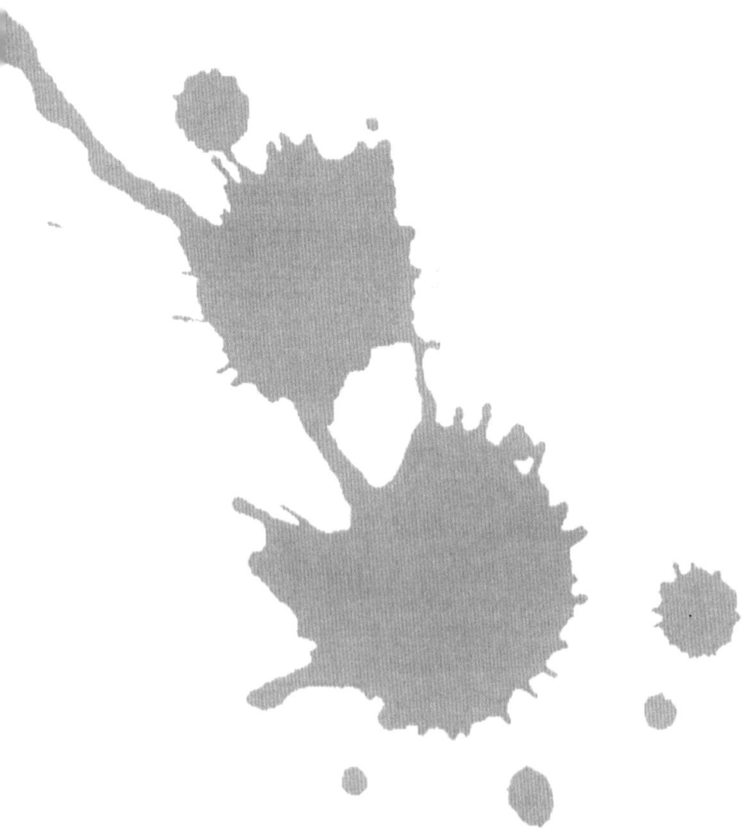

14

냄새

누구하나 입을 떼지 않는 고요한 사무실에는 먹구름보다 무거운 공기가 사람들을 찍어 누르고 있는 듯했다.

공 반장은 정신을 차릴 수가 없었다. 하지만 이대로 있어서는 안 된다는 생각이 들었다. 승현이가 공범이든 범인에게 협박을 받은 것이든 잡아야만 한다. 아니, 반드시 잡아야 했다. 공 반장은 벌떡 일어나며 소리쳤다.

"막내야 여름 사건 파일부터 다 가져와라."

"예? 아, 예예"

"이대로는 못 접는다. 다시 처음부터 살펴보자, 작은 것 하나라도 놓치지 말고, 승현이까지 죽은 마당에 배후가 어떻든 반드시 잡는다. 힘들겠지만 우리 다시 해보자."

"예, 알겠습니다."

이미 사건은 커질 대로 커져 있었다. 현직 경찰이 사건 현장에서 숨진 채로 발견된 것은 아무리 서장의 입김이 영향을 끼쳐도 가릴 수 없었다. 공 반장은 이번 기회에 사건을 샅샅이 파헤쳐 내리라 마음먹었다. 대규모의 인력이 투입되었고 외부 공조도 함께 이루어졌다. 며칠이 지나고 사무실에서 정신없이 서류를 훑어보고 있는 공 반장에게 막 전화를 끊은 막내가 말했다.

"반장님, 홍천 경찰서에서 온 연락입니다. 전에 88사단에서 복무했던 병사들 명단 중 행방불명이라던 김지호라는 친구 말입니다. 그 친구 부모도 행방불명이라는데요?"

"뭐? 언제부터?"

"그게, 대략 3~4년 전이라고 합니다. 신고도 마을 사람들이 했고요."

"김지호 집 주소 있지? 홍천 경찰서에 연락하고 지금 바로 가보겠다고 해!"

김지호는 사업을 하던 아버지를 따라 어린 시절부터 여러 지역을 전전하며 살아왔고 놀랍게도 서울에서 마지막으로 다닌 중학교 3학년 때, 김승현 형사와 같은 학교를 다닌 사실이 확인되었다. 그러나 또다시 아버지의 사업 실패로 가족 모두 홍천으로 도망치듯 이사를 했고, 그 이후로 김 형사와 김지호가 계속 연락을 했는지는 알 수가 없었다.

홍천으로 이사 온 김지호 남매는 유명했다고 한다.

특히, 동생 김지혜는 예쁜 얼굴로 홍천군 안에서 모르는 사람이 없을 정도였다고 했다. 그런데 그렇게 예쁘다고 소문이 자자했던 그녀는 어찌된 영문인지 어느 날 갑자기 사라졌다고 했다.

동네 사람들은 여자애가 혼자 지방으로 대학을 가겠다고 야반도주를 했다느니, 남자를 만나 미국으로 이민을 갔다느니, 결국은 반반한 얼굴로 서울로 가서 잘 나가는 호스티스가 되어 집안과 인연을 끊었다는 둥 온갖 소문이 무성했다.

반면, 매일 술에 취해 큰소리치던 아버지 밑에서도 항상 전교 일등을 하던 김지호는 서울대를 가서 동네에서는 계집애같이 예쁘장한 애가 대단하다며 난리가 났고, 그의 아버지는 동네잔치를 벌였다고 했다. 그러나 김지호 역시 군대 전역 후, 몇 번 얼굴을 비췄을 뿐, 3년 전 마지막으로 집을 찾아온 이후 본 적이 없다는 이웃 주민의 증언이 있었다.

공 반장은 마지막 거주지로 확인된 그들 가족이 살았던 집으로 향했다. 집은 온기라곤 전혀 없이 오랫동안 방치된 흔적만 있을 뿐 금방이라도 귀신이 나올 것 같이 버려진 폐가가 되어 있었다. 마당을 살펴보고 조심스레 안쪽을 살펴보기 시작했다.

집 안은 마치 갑작스러운 야반도주로 미처 챙겨가지 못한 물품들이 어지럽게 흩어져 있었다. 안방 맞은편에 위치한 쪽방에는 앉은뱅이 나무 책상과 의자, 이불 그리고 먼지를 가득 뒤집어쓴 옷장이 삐쭉이 서랍을 내밀고 있었다.

특별히 눈에 띄는 물건은 없었다. 뒷마당으로 가보니 나무로 된 작고 허름한 건물이 보였다.

푸세식 화장실, 금방이라도 부서질 것 같은 문을 열고 들어가니 거미줄이 앞을 가렸고 고약한 냄새가 진동했다.

거미줄을 손으로 제거하고 안으로 들어가니 옮기는 걸음마다 불안하게 삐걱거린다. 공 반장은 이왕 들어온 김에 볼일이나 보고 가려 안쪽으로 들어갔다.

어릴 적 시골 할머니 댁에 가면 마당 한편에 이런 화장실이 있던 기억이 났다. 밤에 화장실 한번 갈라치면 얼마나 무서웠던지…. 피식 웃음이 났다.

소변 줄기가 바닥에 떨어지는 소리가 이상했다. 무언가 단단한 것에 부딪쳐 튕기는 소리였다. 핸드폰을 꺼내 불빛을 아래로 비춰보는데 오물들 사이에 커다랗고 희멀건 무언가가 보였다. 순간 공 반장은 등골이 오싹해 오는 것을 느꼈다.

화장실 안에서 발견된 두 구의 유골과 소지품 감식 결과 김지호의 아버지와 어머니로 밝혀졌다. 시체가 버려진 장소가 장소이다 보니 대부분 자료가 사라져버려 명확한 사인을 밝힐 만한 정보를 발견할 수 없었다. 뼈에 금이 가거나 부서진 흔적은 없었다고 했다. 산 넘어 산이었다. 공 반장은 사건을 지역 경찰서에 넘기고 사무실로 돌아왔다.

'행방불명이라던 김지호의 부모는 사체로 발견되었다. 그들이 사라졌다는 3년 만에 말이다. 그렇다면 그도 살해되었을 가망성이 있다. 하지만, 왜? 누가? 도대체 어디서 무슨 일이 있었던 것일까? 우선 동생인 김지혜를 찾아야 했다.'

찾기 힘들 것이라는 예상과 달리 서울에서 사업을 하고 있던 그녀를 바로 찾아낼 수 있었다. 쉴 새 없이 전화벨이 울리고 있는 김지혜의 사무실은 임대료 비싸다는 강남에서도 가장 비싼 도심 한복판에 자리하고 있었다. 공 반장은 강남 좀 다녀봤다는 막내 형사를 대동하고 김지혜를 만나러 나섰다. 그녀는 요즘 한참 잘 나간다는 인터넷 의류 쇼핑몰의 대표였다. 대기업

건물을 연상케 하는 외관과는 달리 사무실 안에는 옷더미들과 택배 박스가 정신없이 쌓여있었다.

"안녕하십니까? 김지혜 대표님 좀 만나러 왔습니다."

"어떻게 오셨는데요? 대표님은 아직 출근 전이신데요."

'요즘 아가씨들은 이러고 출근을 하는 건가?' 싶은 생각이 들게 트레이닝 바지에 후드 티셔츠를 입은 20대 초반의 앳된 아가씨가 의아하다는 표정으로 대답을 했다.

"누구시죠?"

공 반장의 등 뒤로 허스키한 여자 목소리가 들려왔다.

"대표님 나오셨어요."

전화 통화를 하거나, 컴퓨터를 두드리느라 공 반장이 들어와 말을 꺼낼 때까지 고개도 들지 않던 아가씨들이 동시에 일어나 인사를 했다.

뒤돌아 김지혜를 바라본 공 반장은 자기도 모르게 '헉'하는 마음을 숨길 수 없었다.

연예인이나 패션모델을 직접 본 적은 없지만, 만약 본다면 아마도 그녀 같을 거라는 생각이 들었다.

여자치고는 큰 키와 늘씬한 몸매에 긴 생머리, 화려한 화장을 했지만, 전혀 천박해 보이지 않았다. 동네 주민들은 그녀가 청순한 미인이었다고 했지만, 지금의 그녀는 그냥 있어도 화려함이 묻어 나오는 모습이었다. 누구라도 길에서 그녀를 마주친다면 고개를 돌려 바라볼 미모였다.

"은천 경찰서의 공영진 반장입니다. 오빠 김지호씨 일로 나왔습니다. 잠시 이야기 나눌 수 있겠습니까?"

경찰이라는 말에도 그녀는 전혀 흔들림이 없었다. 그녀는 큰 눈을 침착하게 한번 깜박이더니 공 반장을 자신의 사무실로 안내했다.

"우선, 제 방으로 가시죠."

한쪽에 마련되어 있는 김지혜의 방은 책상 위에 노트북 한 대가 놓여 있을 뿐 아무것도 없었다. 어수선한 밖과는 달리 휑한 방 안에는 진한 향수 냄새와 담배 냄새가 배어있었다. 다행히 손님을 위한 소파가 마련되어 있었고 그녀는 우리에게 자리를 권하며 자신은 담배를 빼어 물었다.

"경찰이시라고요? 경찰이 왜 저희 오빠를 찾는 거죠? 오빠와는 연락 안 한 지 한참인데, 오빠에게 무슨 일이 있나요?"

공 반장은 그녀의 질문에 대답하지 않고 반문했다.

"오빠를 마지막으로 본 게 언제이신가요? 왜 연락을 안 하고 계신다는 겁니까?"

그녀는 잠시 망설이더니 입을 열었다.

"오빠는 학교를 졸업한 이후로는 본적이 없어요."

"오빠랑 무슨 일이 있으셨습니까?"

김지혜는 기분 나쁜 듯 날카롭게 공 반장을 바라보며 말했다.

"반장님은 지금 저희 오빠한테 무슨 일이 있어서 저를 찾아오신 건지 말해주지 않으셨어요. 다짜고짜 오셔서는 오빠랑 무슨일이 있었냐고 물으시는데 제가 꼭 대답을 해야 하나요?"

공 반장은 아차 싶었다. 나이는 어리지만 그녀는 만만한 여자가 아니었다. 어느 정도는 이야기를 해줄 수밖에 없었다.

"오빠 분은 행방불명입니다. 부모님이 행방불명이신 건 알고 계시죠?"

"네? 행방불명이라뇨?"

"얼마 전에 홍천 댁에서 부모님의 유골이 발견됐습니다."

"뭐? 뭐라고요? 부모님의 유골이요?"

김지혜는 전혀 예상치 못한 소식에 충격을 받았는지 울기 시작했다.

공 반장은 난감했다. 막내 형사는 불안해하며 앉았다 일어섰다를 반복할 뿐이었다. 한참을 울던 김지혜는 눈물을 닦으며 실례하겠다는 말을 남기며 잠시 자리를 떠났다.

공 반장은 오늘은 이만 돌아가야겠다는 생각에 일어서려는 순간, 어느 정도 감정의 정리가 된 듯한 그녀가 들어왔다.

"괜찮으십니까? 불편하시다면 다음에 약속을 잡고 다시 찾아뵈는 것으로 하지요."

그녀는 자세를 바르게 고쳐 앉으며 말했다.

"아니에요, 저도 자세한 이야기가 듣고 싶어요. 말씀해 주시겠어요?"

공 반장은 그녀에게 작년 여름부터 일어난 사건을 간단히 이야기해 주며 오빠도 위험에 처할 수 있는 상황이니 현재 오빠의 행적을 물었다.

공 반장의 이야기가 끝나자 그녀는 잠시 숨을 고른 후, 담배를 꺼내 물며 이야기를 시작했다. 공 반장의 눈이 반짝였다.

"저는 오빠가 학교를 졸업한 이후로 본 적이 없어요. 오빠는 어려서부터 수재였어요. 아빠의 유일한 희망이었죠. 저와는 나이 차이도 있었지만, 아빠에게 저는 그냥 예쁘기만 한 쓸모없는 딸이었고, 오빠는 모든 기대를 품고 있는 집안을 일으킬 대단한 아들이었죠. 하지만 나중에 알았어요. 오빠는 아빠가 원하는 남자다운 사람이 아니라는 걸. 오빠는 아빠의 기대를 무척 힘들어했어요. 그래서 도망가고 싶어 했는지도 몰라요. 어린 동생 따위는 필요 없었겠죠."

"사이가 안 좋으셨나 봅니다."

"아니에요. 오빠는 저에게 최고의 오빠였어요. 다정하고 항상 함께 있어주던 오빠였지요. 오빠가 서울로 대학을 가기 전까지 우리는 항상 함께였어요.

방학 때면 바로 집으로 와서 제 공부를 봐주고 함께 있어 줬어요. 군대 가기 전까지는요. 사실 그때는 어려서 오빠가 군대 간다는 게 꼭 도망을 치는 것 같았어요. 아빠하고 사이도 최악이었고, 집안 사정도 안 좋았죠.

전역 후에 오빠는 무언가 달라져 있었어요. 집에도 자주 오지 않았고, 학교에서 교수들이랑 무슨 소프트웨어 개발을 한다며 무척 바쁘다고 했어요. 그래서 해외도 자주 나가야 한다며 점점 집에 오는 횟수가 줄어들었죠."

"해외를 자주 나갔다고요?"

"네. 복학 후에 단기연수니, 세미나니 하면서 교수들과 자주 나간 걸로 알아요. 오빠는 외국에 나가서 살고 싶다는 말도 많이 했어요."

'해외라….' 경찰서로 돌아가자마자 김지호의 출입국 기록부터 뒤져봐야겠다는 생각을 하는 공 반장이었다.

"실례가 안 된다면 김지혜씨는 왜 가족들과 인연을 끊고 연락을 안 하게 되신 건지 알려주실 수 있을까요?"

잠시 공 반장의 얼굴을 빤히 바라보던 김지혜는 입을 열기 시작했다.

자신을 바라보는 김지혜의 얼굴을 보며 공 반장은 이상한 느낌을 받았다. 누가 보아도 아름다운 얼굴이었다. 하지만 무언가 표현할 수 없는 미묘한 분위기를 가지고 있었다.

"오빠가 졸업하던 해, 저는 고등학교를 졸업했어요. 그나마도 오빠 덕분에 졸업할 수 있었던 거죠. 아빠는 저를 고등학교도 보내지 않으려 하셨거든요.

여자애가 무슨 고등학교냐고 중학교면 충분하다고 말이죠. 전 대학에 가고 싶었어요. 당연히 반대하셨죠. 그냥 반대로 끝나는 게 아니었어요. 지역에 돈 많은 노총각과 결혼하라고 압박하기 시작하셨죠. 자고로 여자는 부모가 정해주는 남자랑 결혼해서 애 낳고 잘 사는 게 효도하는 거라 하시면서요.

하, 무슨 조선 시대도 아니고, 어려서부터 모든 것은 다 오빠 위주였어요. 그나마 예쁜 얼굴 덕에 주변에서 사랑받고 관심이라도 받았지, 부모님한테 전 껍데기만 예쁜 팔아먹을 물건이나 마찬가지였다고요.

그걸 깨달은 날 밤 바로 가방을 싸서 집을 나왔어요. 우선은 집에서 멀어지고 싶어서 무작정 지방으로 내려갔죠. 친구가 지방으로 대학을 갔거든요. 친구 집에서 지내면서 닥치는 대로 일을 했어요.

다행히 예쁜 얼굴 덕에 일자리를 구하는 건 어렵지 않았어요. 쉽게 돈을 벌수도 있었죠. 유혹이 많았지만 전 열심히 일했고, 공부해서 제힘으로 대학을 갔어요. 그리고 취업을 했고 이렇게 제 사업까지 할 수 있게 된 거예요.

이렇게 바쁘게 살다 보니 오빠는 제 기억에서 지웠어요. 부모님께는 언젠가 연락드려야겠다고 생각은 하고 있었는데…."

김지혜는 금방이라도 눈물이 쏟아질 것 같은 얼굴이 되었다.

우울한 침묵이 방을 가득 채우는 가운데 공 반장이 갑자기 물었다.

"담배를 오래 피우셨나 봅니다?"

갑작스러운 질문에 김지혜는 적잖이 놀란 모습이었다. 그녀는 아무런 대답도 하지 못한 채 공 반장을 바라보았다.

"너무 많이 피우시는 것 같아서요. 그럼 이만 일어나 보겠습니다. 혹시나 오빠분에게 연락이 된다면 언제든 바로 전화 주십시오. 그럼 이만"

그녀는 거짓말을 하고 있었다. 김지호와 연락을 하고 있는 것이 분명했다. 공 반장의 오감이 그렇게 말하고 있었다. 뒤돌아 나오는 공 반장은 알 수 없는 표정을 지었다.

'김지혜에게는 무언가 있다!'

"막내야, 김지혜가 다녔던 학교랑 직장은 누가 알아보러갔지?"

"박 형사님이 가셨습니다."

"아직 연락 없나?"

"대전이라 아직 안 끝나셨을 것 같습니다."

주차장을 빠져나오며 공 반장은 바로 핸드폰을 꺼내들었다. 신호음이 몇 번 울리자마자 박 형사의 목소리가 들렸다.

"예, 반장님"

"그래, 알아본 건 어떻게 됐나?"

"지금 막 회사까지 돌고 나오는 중입니다. 우선, 학교 쪽은 별거 없어요. 동네 사람들이 말한 것과 같아요. 청순하고, 예쁘고, 조용하고, 인기 많고, 그렇게 남자들이 따라다녔다고 하네요. 그런데도 남자친구 하나 없이 매일 알바하고 공부만 했답니다.

장학금을 2년 내내 다 받고, 기숙사에 살면서 생활비도 자기가 벌어 쓴다고 아르바이트도 끊임없이 했다고 하고요. 교수들이 아주 예뻐했다네요. 취업도 교수가 추천해줘서 좋은 곳으로 바로 갔다고 합니다."

"그래서 직장은?"

"대기업은 아니고, 아무래도 지방대다 보니 대기업은 힘들었던 것 같아요. 그래도 탄탄한 중소기업인데 들어보셨을 거예요. 노블이라고 그 골프 의류회사요. 거기서도 뭐 인기가 엄청나게 많아서 결혼하자고 쫓아다니는 남자가 많았다고 합니다. 뿐만 아니라 김지혜가 담배 냄새를 너무 싫어해서 사무실 남자들이 담배까지 다 끊었었답니다. 허허"

"뭐? 담배 냄새를 싫어한다고?"

"예, 아주 싫어했다는데요? 담배 피우는 남자 옆에도 안 갔데요. 그래서 부장까지 담배를 끊었다던데요?"

마침 신호에 걸려 차가 멈췄다. 옆에서 듣고 있던 막내는 놀란 눈으로 공 반장을 바라보았다.

'김지혜를 만났을 때 느낀 위화감이 이것이었나? 그녀의 사무실에 진하게 배어 있던 담배 냄새와 자연스럽게 담배를 빼어 물던 모습은 박 형사가 말하는 김지혜의 과거 모습과는 전혀 같은 사람이라고 볼 수 없다. 뭐가 잘못된 것일까? 김지호는 어디로 사라진 것일까? 아니면 어딘가에 숨어서 김지혜를 조종하고 있는 것일까? 지금의 김지혜가 김지혜가 아니라면….'

한참을 고민하던 공 반장은 이 형사에게 전화했다.

"이 형사, 어 나다. 애들 두어 명만 조용히 데리고 김지혜 집 주소 있지? 거기로 와라. 나한테도 주소 하나 찍어주고, 바로 와라, 수색 영장 신청해 놓고 빨리"

주소를 받아 찾아간 곳은 수원의 한 주택가에 위치해 있었다. 10분 정도 기다리자 이 형사와 서 순경이 왔다. 대문은 잠겨 있었고 주위는 담장이 둘러싸여 있는 평범한 단독주택이었다.

서 순경에게 망을 보게 한 후, 주위를 살핀 공 반장과 이 형사는 아무도 없는 것을 확인한 후 담장을 넘었다. 마당은 특별히 눈에 띄는 것은 없었고 소나무 한 그루만 덩그러니 있었다. 혹시나 하는 마음에 현관문을 슬쩍 당겨보니 문이 열렸다. 공 반장은 이마에 땀이 흐르는 것을 느꼈다.

공 반장은 이 형사와 함께 조심스럽게 문을 열고 들어갔다. 내부는 조용했다. 입구 양옆으로 화장실과 작은방이 있었고 거실을 지나자 안방이 보였다. 우리는 우선 내부에 사람이 있는지 확인을 위해 각자 흩어졌다. 공 반장은 작은방의 문을 열고 들어갔다. 홀아비 냄새가 코끝을 강타했다. 생각지도 못한 남자 냄새에 인상이 찌푸려졌다.

분명히 김지호는 이곳에서 지냈다는 것을 확신할 수 있었다. 옷장을 열어보니 역시나 남자 정장과 셔츠들이 걸려있었다. 침대 옆 책상에는 남자 스킨과 로션이 덩그러니 놓여 있었다.

책상 서랍을 열자 잡동사니가 널브러져 있었고 오른쪽 모서리에 작은 수첩 한 권이 보였다.

공 반장이 수첩을 집어 올리자 사진 한 장이 바닥으로 떨어졌다. 사진을 들어 바라보는 공 반장의 눈동자가 점점 커져갔다. 사진 속에서 김지혜와 함께 환하게 웃고 있는 남자는 바로 권기남이었다.

"창수야! 빨리 권기남이 잡아들여!"

모든 것이 선명해졌다. 공 반장은 박 형사에게 연락해 서울 김지혜의 사무실 쪽으로도 사람을 보냈다. 현장을 폐쇄하고 증거를 찾기위한 작업이 일사천리로 진행되었다. 본격적으로 시작된 수색으로 지하실에서 범행에 사용된 것으로 추정되는 칼과 가죽수갑, 안쪽에 혈흔이 묻어있는 가방도 발견되었다.

공 반장은 마당에 나와 소나무 밑에서 담배를 한 대 물며 권기남의 수첩을 펼쳐보았다.

*현종철

-5월 14일, 퇴근 후 분식점에서 혼자 저녁을 먹고 집으로 들어감.

-6월 2일, 금요일은 항상 회식

-6월 3일, 토요일 오후, 시내에서 친구들과 술을 마심.

-여자친구는 없는 것으로 보임.

*박정호

-일식집 주방에서 일함, 매주 월요일, 휴무

-일주일에 두 번 정도 술 먹고 집에 늦게 들어감

-3년 전 결혼, 2세 여아.

권기남이 쓴 것이 확실한 투박한 남자의 글씨였다. 지금까지 피해자들의 주변을 살피며 그들의 일상과 생활패턴을 파악해 둔 것들이었다. 현종철, 박정호, 문혁준까지 적혀있었지만, 이종호에 대한 내용은 없었다.

'왜 이종호에 관한 내용은 없는 걸까? 그리고 김지호는 무슨 역할이지? 어디로 사라졌을까? 김지호가 계획한 것이 맞는 걸

까? 이미 해외로 도주했나?'

골똘히 생각에 잠겨 있는데 떨어진 담뱃재에 발밑에서 연기가 피어올랐다. 황급히 발로 불을 끄고 안도의 한숨을 내쉬는데 짓이겨진 잔디 사이로 무언가 반짝이는 것이 보였다. 쭈그려 앉아 자세히 들여다보니 십자가 모양의 목걸이가 절반쯤 파묻혀 있었다. 이상함을 느낀 공 반장은 옆에 있던 나뭇가지를 주워 땅을 파기 시작했다. 근처에 있던 이 형사가 다가왔다.

"반장님, 지금 뭐하시는 겁니까?"

"야, 삽 좀 찾아와봐. 여기 뭔가 있는 것 같다."

땅은 쉽게 파들어 갔고 1미터 정도를 파내자, 역시나 한 구의 유골이 발견되었다. 조심스럽게 흙을 제거한 유골은 마치 잠을 자는 사람을 묻어 놓은 것처럼 단정하고 온전한 모습으로 가지런히 뉘어져 있었다. 혹시나 싶어 마당 곳곳을 파보았지만 더 이상 발견되는 것은 없었다.

유골의 신원을 밝히는 일은 감식반에 넘기고 돌아가는 길에 권기남이 경찰서로 이송되었다는 연락이 왔다. 그러나 김지혜는 연기처럼 사라졌다.

15

권기남

취조실에는 이 형사가 권기남을 바라보며 소리치고 있었다.

"그러니까 마당에 묻혀있던 시체는 뭐냐고! 니들이 죽인거자나"

"아니에요. 정말 저는 몰랐어요. 모르는 일이에요."

"그럼 김지호는 어디 있냐고? 니들 친구라며. 어디 있는지 왜 말을 못 해?"

취조실에 앉아있는 권기남은 며칠 사이에 초췌해진 모습이었다. 공 반장은 흥분한 이 형사를 다독이며 내보냈다. 그리고 김지혜의 집에서 나온 수첩을 책상 위에 올려놓으며 말했다.

"이거 권기남씨 거죠?"

권기남은 수갑을 찬 채 손톱을 물어뜯으며 대답했다.

"모르겠어요."

공 반장은 안주머니에서 사진을 꺼내어 그의 눈앞에 내밀었다.

"그럼, 이것도 모르겠네요?"

그는 벌떡 일어나며 소리쳤다.

"돌려주세요. 그거는 제 것이에요."

"김지혜씨는 어디 있나요?"

"몰라요. 정말 몰라요. 지혜가 전화를 안 받아요."

그는 흐느끼며 자신의 이야기를 시작했다.

전역 후 취업을 하지 못하고 이곳저곳을 전전하던 권기남은 재작년 겨울 낯선 번호의 전화를 받았다고 한다. 이전에는 김지혜의 존재에 대해 전혀 모르고 있었을 뿐 아니라 김지호와도 가끔 연락하는 정도였다고 했다.

처음 그녀를 만났을 때, 자신의 목숨도 버릴 수 있다는 생각이 들었다고 말하는 권기남은 마치 사이비 종교에 빠진 광신도 같았다. 그는 김지혜가 오빠 지호의 사고 소식을 전해주기 위해 왔다고 했다.

"사고라고요. 무슨 사고요?"

공 반장은 생각지도 못한 그의 말에 놀랄 수밖에 없었다. 권기남은 오히려 왜 놀라냐는 듯한 표정으로 반문했다.

"네, 교통사고요. 왜 모르세요? 지혜가 다 얘기해줬는데요. 부모님이랑 같이 차를 타고 가다가 사고가 나서 다 돌아가시고 지혜 혼자 남았어요."

공 반장은 어이가 없었다.

권기남은 그렇게 김지혜와 알게 됐고, 자신은 이 세상에 혼자 남은 지혜를 지켜주어야 하며 자신들은 서로 사랑하는 사이라고 말했다.

살인사건의 모든 것은 자신이 저지른 일이며 그녀와는 아무 상관이 없는 일이라고 잡아뗐다.

"그럼 당신이 왜 갑자기 그 세 사람을 죽인 건데? 이유가 뭔데? 잘살고 있다가 김지혜를 만난 이후에 갑자기 살인을 해? 지금 그 말을 믿으라는 건가?"

권기남은 버벅거리며 말했다.

"그, 그건…. 구, 군대에서 약속했어요. 우리를 괴롭힌 놈들한테 꼭 복수하자고. 그래서 제가 대신 복수해 준 거예요. 정말로 지혜는 아무 상관 없어요."

공 반장은 한숨만 나올 뿐이었다. 권기남이 거짓말을 하고 있는 것은 확실했다. 김지혜를 찾지 않는 한 이 사랑에 빠진 멍청한 놈이 모든 죄를 뒤집어쓸 수밖에 없었다.

공 반장은 도저히 풀리지 않는 수학 문제를 들고 며칠째 밤을 세고 있는 기분이었다.

'김지호의 부모는 죽었다. 김지혜는 권기남에게 자신의 오빠와 가족이 모두 교통사고로 죽었다고 거짓말을 했다. 그러고는 권기남을 이용해서 오빠를 괴롭혔던 놈들을 하나씩 찾아 죽이는 복수를 했다. 만약 김지혜가 오빠를 죽였다면, 왜 오빠의 복수를 하는 걸까? 그리고 김 형사는 김지호 아니 김지혜와 무슨

관계가 있었던 것일까?'

도저히 풀리지 않는 수수께끼였다. 죽은 승현이를 흔들어 깨워서라도 묻고 싶었다.

유일한 단서는 김지혜인데 그녀는 어디로 사라졌는지 작은 흔적조차 남기지 않았다. 그녀를 찾을 수 있는 유일한 단서는 권기남 뿐이었다.

공 반장은 그에게 슬며시 다가가 김지혜와 찍은 사진을 보며 말을 걸었다.

"김지혜씨가 참 예쁘시네요. 남자들이 정말 좋아했겠어요."

"아니에요, 지혜는 저밖에 없었어요."

"그러면 김승현씨랑은 무슨 사이였나요?"

"김승현이 누군데요?"

"김지혜씨가 가장 마지막에 만난 남자에요. 다른 남자가 있는 걸 모르셨나요?"

"그럴 리가 없어요. 지혜는 저랑 있었다고요. 지혜한테는 저밖에 없다고요. 이종호를 죽이고 우리는 하와이로 떠나기로 했다고요."

"이종호는 이미 지난주에 살해당했어."

"그럴 리가 없어요. 지혜가 아직 아무 말도 안 했는데…. 이상하다. 아닐 거예요. 전화기 좀 주세요."

권기남은 미친놈처럼 고개를 흔들며 혼잣말을 지껄였다.

"김 순경, 이 친구 다시 집어넣고, 영장 신청해"

더 이상의 취조는 무의미해 보였다. 공 반장은 허탈하게 사무실로 돌아와 의자에 앉아 생각했다.

'권기남은 그냥 이용당한 공범이다. 도대체 김지혜는 왜 오빠를 죽인 걸까? 승현이는 이 남매와 어떤 관계였던 것일까?'

갑자기 가라앉아 있던 사무실 공기가 흔들리는 것 같았다. 멀리서부터 누군가 뛰어오는 소리가 들렸다. 벌컥 문이 열리며 막내가 헐레벌떡 미끄러져 들어왔다.

"반장님, 반장님. 그 마당에서 나온 시체요. 신원 확인됐답니다."

사무실의 모든 시선이 그를 향하자 막내는 쉽사리 말을 잇지 못했다.

"그, 그게…. 여자랍니다. 김지혜라고 합니다."

공 반장은 혼란스러웠다.

'마당에서 발견된 시신이 여자라니 말이 안 된다. 그건 사라

진 김지호여야만 한다. 시신이 김지혜라면 내가 만났던 김지혜는 누구란 말인가?'

순간, 공 반장의 머릿속에 그동안 만났던 사람들의 목소리가 메아리처럼 들려왔다.

'그 집 딸내미가 진짜 예뻤지?'

'아이고, 말해 뭐해~ 그 집 아들도 잘생겼었지'

'아니다, 그 녀석도 계집에 같은 게 엄청 예뻤다. 나는 처음 봤을 때, 그 집에 딸만 둘인 줄 알았잖아.'

'지호가 여리여리해서 여자애 같아 보여도 깡다구 하나는 끝내줬지요. 학교에서 아무도 건드리는 애들이 없었어요.'

'자대에서 처음 봤을 때, 너무 예쁘게 생기셔서 여자인 줄 알고 깜짝 놀랐었지, 말입니다.'

'계집에 같이 예쁘장한 녀석'

공 반장은 이제야 알 수 있었다. 아름답기로 소문난 여동생 지혜, 수원 집에서 발견된 화려한 옷과 액세서리들 그리고 그녀의 사무실에 진하게 배어 있던 담배 냄새, 무엇보다 그녀를 볼 때마다 느껴졌던 설명할 수 없는 위화감….

김지호는 스스로 부모와 동생을 죽이고 자신이 동생 지혜로 살고 있었던 것이다. 군대에서 무슨 일이 있었는지는 정확히 모르겠지만, 아무것도 모르는 권기남을 이용해 자신을 괴롭혔던 자들을 죽여, 복수 한 것이다.

공 반장은 의문이 풀렸다. 동시에 자신이 얼마나 편협한 선입견을 가지고 살아왔는지 깨달았다. 김지호가 어떤 인생을 살아왔는지 알 수는 없지만, 평탄한 삶은 아니었을 것이다.

그의 마음을 이해할 수 없겠지만 그가 받아왔을 시선들을 생각하니 한편으로는 안타까운 마음도 들었다. 그리고 지금의 우리 사회라면 앞으로 제2, 제3의 김지호가 얼마든지 생겨날 수 있을 것이란 공포감이 찾아왔다.

또 하나 풀리지 않는 문제가 있었다. 김승현 형사와 김지호는 도대체 무슨 관계였단 말인가. 둘은 서울에서 중학교 시절 1년을 함께 보냈다. 하지만 그 이후는 아무도 모른다. 승현이는 협박당한 것일까? 아니면 설마 승현이도…….

'나의 완벽한 패배다.'

16
환승

–도쿄 나리타 공항

시끄럽고 정신없는 공항에 앉아서 비행기를 기다리는 것은 내가 가장 싫어하는 것 중 하나다. 더군다나 지금처럼 쫓기는 상황에서는 1분 1초가 1시간처럼 느껴진다.

'지금쯤이면 공 반장이 나를 찾고 있겠지?'

초조해하지 말자. 마음을 가라앉히고 여유로운 척 주변을 둘러보았다. 떠나는 사람, 돌아오는 사람이 교차하는 곳, 모두들

가야 할 곳이 있다. 결국에는 모두 도착할 곳이 있다.

'여자와 남자로 이루어진 세상 그사이에 교차되어 있는 나. 그렇다면 세상에서 나의 목적지는 어디일까?'

쓸데없이 감상적이다. 나는 언제나 완벽했고, 내 계획은 성공적으로 끝냈다. 기남이에게는 조금 미안하지만, 나는 약속한 대로 그의 복수를 해주었고 그의 인생에서는 절대 누릴 수 없는 아름다운 여자와의 행복한 시간까지 누리게 해주었으니 됐다. 탑승시간이 다 되어왔다.

나는 흡연실에서 마지막 담배를 꺼내 물었다. 라이터가 보이지 않는다. 옆에서 누군가 라이터를 내밀며 말을 걸어왔다.

"한국 분이신 것 같은데 혼자 다니시나요?"

탑승 수속을 할 때부터 나를 힐끔힐끔 쳐다보던 남자였다. 나는 눈웃음을 치며 대답했다.

"후~ 네. 혼자가 편해서요."

"혼자는 위험하죠. 혹시 어디로 가세요?"

"파리요."

"저도 파리로 출장을 가는데, 인연이네요. 같이 다니시는 건 어떨까요?"

"괜찮아요. 도착하면 남자친구가 나와 있을 거예요."

"아 그렇군요."

공 반장이 돌아가기 전 담배에 대해 물었을 때가 떠올랐다. 순간적으로 실수를 할 뻔했지만, 다행히 공 반장은 그냥 돌아갔다.

난 그가 무언가 눈치를 챘다는 것을 알 수 있었다. 무심하게 던지는 질문 같았지만, 그의 눈초리는 날카로웠다. 지금쯤이면 아마도 수원 집을 발견했을 것이다.

'과연 공 반장이 나를 찾아낼 수 있을까? 만약, 내가 누구인지 찾아낸다면 그의 표정이 어떨까?' 상상하니 웃음이 나왔다.

흡연실을 빠져나오자 파리행 비행기 탑승이 시작되었음을 알리는 방송이 들려왔다.

기내에 올라 1등석 내 좌석에 앉자마자 바로 문을 닫고 기대어 누웠다. 마음이 편안해졌다. 약간의 흔들림과 함께 비행기가 활주로를 벗어나 이륙했다. 이젠 정말 안녕이다.

스튜어디스를 불러 위스키 한잔을 부탁하고 도착지까지 방해하지 말라는 당부까지 하고 나니 긴장이 풀려서일까, 정말로 오랜만에 깊은 잠을 잘 것 같다.

이 긴 잠에서 깨어나면 나는 마법에서 풀려나 아무도 모르는 새로운 장소에서 진정한 내 모습을 찾을 것이다.

내 어린 시절은 누런 벽지에 곰팡이가 피어 쿰쿰한 냄새가 진동하는 작은방에서 항상 배고픔에 힘들었던 기억뿐이다. 어디서든 오래 자리 잡지 못하고 6개월, 길면 1년에 한 번씩은 이사 다녀야 했다.

아버지는 내게 입만 열면 '너는 꼭 성공해야 한다.'라고 당부를 하셨다. 난 성공이 뭔지는 몰랐지만 이렇게 떠돌이처럼 이리저리 옮겨 다니며 살아가는 것이 싫었고 따듯한 집에서 맛있는 것을 배부르게 먹고 싶었다.

어렸을 때부터 사람들은 나를 보면 사내아이가 꼭 여자아이처럼 예쁘다는 이야기를 했다. 어린 시절 남자애들에게 계집 같다며 놀림도 많이 당했다.

어려서는 예쁘다는 그 말이 너무나 싫었지만, 집에서 혼자 거울을 바라보고 있는 시간은 좋았다. 거울속의 나는 정말 같은 반의 어느 여자애보다 예뻤고, 거울을 바라보며 내가 예쁜 공주님이 된 상상을 했다.

엄마가 일을 나가고 안 계실 때면 몰래 화장대 서랍을 열어 얼굴을 하얗게 분칠하고 립스틱으로 입술을 빨갛게 그리곤 했다.

'나는 진짜 공주님이야. 나쁜 마녀의 마법에 걸려 남자애 모습으로 있는 것뿐이야.'

나는 술래잡기, 고무줄놀이, 공기놀이 등 여자아이들과 어울리는 것이 더 재미있었다. 그럴 때마다 남자아이들은 나를 놀리고 때리며 괴롭혔다.

어쩌다 동네에서 여자아이들과 어울려 노는 모습을 아버지에게 들키는 날이면 회초리를 맞곤 했다. 나는 점점 말이 없는 아이가 되어갔다.

어느덧 중학생이 되었고, 이제는 여자가 되고 싶다는 마음 따위는 절대로 보여서는 안 된다는 것도 알았다. 오히려 말없이 강한 척하며 공부에 매진했다.

친구 따위는 필요 없었다. 어차피 나를 이해할 수 있는 사람은 없었으니까.

중학교에 들어가 처음 본 시험에서 나의 성적은 나쁘지 않았다. 하지만 나는 일등이 아니라는 이유로 아버지에게 맞았다.

옆에 계시던 어머니에게 "애새끼 교육 똑바로 시켜!"라고 소리치며 때렸다. 어머니는 나를 품에 안고 우셨다.

난 왜 이렇게 맞으면서까지 공부를 해야 하는지 아버지는 한 번도 나를 칭찬해 주지 않는지 알 수 없었다. 옆에서 아무것도 모르고 울고 있는 지혜가 부러웠다.

지혜는 태어나면서부터 아버지에게 사랑을 잔뜩 받았고 무엇을 잘못해도 혼난 적이 없었다. 주변 사람들도 마찬가지였다. 모든 사람은 지혜를 사랑스러워했고 지혜가 하는 일은 모두 용서되고 이해되었다.

'내가 여자아이라면 아버지가 지혜처럼 예뻐해 주셨을 텐데….'

나는 지혜처럼 아버지의 심부름도 하고, 안마도 해드리고 아버지가 부르시기도 전에 재빨리 곁에 가서 도와드리고는 했다. 하지만 그럴 때마다 나에게 돌아오는 것은 욕설과 가서 공부하라는 소리뿐이었다.

나는 깨달았다. 무엇을 해도 지혜처럼 아버지에게 사랑받을 수 없다. 아버지에게는 단지 공부를 잘해서 실패한 자신을 대신해 성공할 아들이 필요한 것뿐이었다.

나는 이를 악물고 공부했다. 하지만 그것은 아버지나 집안의 성공을 위해서가 아니었다.

나는 나의 자유를 위해 공부했다. 누구에게도 휘둘리지 않고 내가 원하는 데로 살기로 결심했다.

그날 이후로 나는 전교 1등을 한 번도 놓치지 않았다. 그런 나에게 다가오는 친구들도 있었다. 하지만 나에게 친구 따위는 필요 없었다. 오히려 귀찮은 존재였다.

하루는 언제나 나에게 밀려 만년 이등을 하던 녀석이 무리들과 함께 나에게 다가왔다. 쓸데없이 친한 척을 하며 이것저것 질문을 해대는 녀석들이 귀찮았다. 그냥 무시하려 했지만, 갑자기 화가 치밀었다.

나는 의자와 책상 등 손에 잡히는 대로 던져버렸다. 아이들은 혼비백산하여 흩어졌고 선생님이 달려오고 나서야 사태는 진정되었지만, 내가 잘못을 뒤집어쓸 수는 없었다.

나는 그 아이들이 나를 협박했다고 말했다. 선생님은 나를 믿었고, 그 아이들은 벌을 받았다. 그렇게 나는 철저하게 혼자가 되었다.

낮에는 학교에서 혼자 공부를 하고 밤에 집에 돌아와 잠자리에 누워 내가 바라는 아름다운 여자가 되는 꿈을 꾸었다.

중학교 3학년이 되어 반 배정을 받아 교실로 들어가니 눈에 들어오는 녀석이 있었다. 특별할 것 없는 녀석이었지만, 자꾸 시선이 갔다. 우리는 서로에게 자석처럼 끌렸고 태어나서 처음으로 친구라고 부를 수 있는 사람을 만났다.

우리는 죽을 때까지 가지고 갈 둘만의 비밀도 있었고 평생 서로를 지켜주기로 했다. 하지만 언제나 그렇듯이 이별은 갑작스럽게 다가왔다.

성공을 외치던 아버지는 또다시 사업에 실패했고 우리 가족은 도망치듯 홍천으로 이사를 해야 했다. 변한 것은 없었다. 거지같은 집과 능력 없는 아버지, 숨도 제대로 못 쉬고 사는 어머니, 언제나 일등을 해야 하는 나, 날이 갈수록 예뻐지는 지혜 그러나 승현이가 없었다. 그렇게 나는 다시 혼자가 되어버렸다.

시간은 흘러 나는 당당히 서울대를 갔고 홍천을 벗어날 수 있었다. 그리고 나를 완전히 변화시킨 군대….

전역 후, 나는 다시 학교로 돌아왔다. 자유롭게 숨 쉴 수 있는 공기가 반가웠다.

집에는 거의 내려가지 않았다. 낮에는 전공에 충실하며 교수들에게도 눈도장을 찍어 놨다. 밤에는 허울을 벗어던지고 진짜 원하는 나의 모습으로 즐기며 살 수 있었다. 하지만 언제까지 이렇게 밤낮이 다른 삶을 살 수는 없었다.

내가 진정 원하는 삶을 위해서는 무언가 달라져야 했다. 나는 전공 교수의 연구 개발팀에 들어갔다. 대기업의 후원을 받으며 프로그램 개발은 승승장구했고, 나는 독립하여 내 회사를 차렸다.

이제 온라인을 통한 새로운 세상이 열리고 있었다. 컴퓨터로 나는 무엇이든 할 수 있었다. 그러나 내 발목을 죄고 있는 과거의 세상은 나를 놓아줄 생각이 없었다.

아버지는 하루가 멀다하고 전화를 해대며 돈을 보내라, 한번 내려와라, 잔소리를 해댔고, 아무 연락도 없이 서울로 찾아오기까지 했다.

지혜도 대학을 졸업했다. 더 이상 기다릴 필요가 없었다.

아무 연락도 하지 않고 집으로 내려갔다. 어머니 아버지가 잠든 것을 확인한 후 조용히 일어나 화장대 앞에 앉았다. 귀뚜라미 소리도 들리지 않는 조용한 밤이었다.

옆방에서 아버지의 코고는 소리만이 들려올 뿐이었다.

나는 준비해온 화장품을 꺼내 정성들여 화장을 했다. 아버지에게 최고로 아름다운 나의 모습을 보여주고 싶었다. 마지막으로 가발과 옷을 차려입고 자리에서 일어났다.

안방 문을 열고 들어가자 아버지와 어머니는 인기척을 느끼지 못한 채 잠들어 있었다. 불을 켜자 눈이 부신지 얼굴을 찌푸리며 일어난 어머니는 나의 모습을 보고는 비명을 질렀다.

곧이어 잠에서 깬 아버지는 욕설을 퍼부으며 몸을 일으켜 나를 바라보았다. 그리고 경멸에 찬 눈빛으로 입을 열었다.

"이…. 이 자식이 미쳤나!"

순간 손에 쥐고 있던 칼로 아버지의 목을 단숨에 찌르자 두 손으로 목을 감싸 쥐며 앞으로 꼬꾸라졌다. 나는 절규하며 내 다리에 매달려 있는 어머니를 바라보며 말했다.

"왜 평생을 이렇게 사세요? 이제 제가 편하게 보내드릴게요."

어린 시절의 내 분노와 상처가 사라지기까지 채 5분도 걸리지 않았다. 나는 뒷정리를 하고 조용히 집을 빠져나왔다.

얼마 뒤 지혜가 다니고 있는 회사로 찾아갔다. 몇 년 만에 만난 지혜는 내 기억 속의 지혜가 아니었다. 이제는 완전한 여자가 되어있었다. 그리고 확실히 알 수 있었다.

그 예쁜 얼굴과 눈망울, 아름다운 몸과 가녀린 손가락 하나하나, 부드러운 머리카락 한 올 한 올, 내가 원하던 모든 것을 가진 지혜는 나를 위해 존재했던 것이다.

울먹거리는 지혜를 수원 집으로 데리고 왔다. 지혜는 홀로 힘들게 보낸 지난 몇 년간을 이야기하며 밤새 울었다. 그런 지혜를 바라보며 나는 생각했다.

'오빠가 이제 너의 고통을 끝내줄게'

지혜는 얕은 숨을 쉬며 아기처럼 잠들어 있었다. 나는 잠든 지혜 옆에 다가가 앉았다. 지혜의 숨소리가 점점 잦아들었다. 어느새 방에는 아무 소리도 들리지 않게 되었다.

"앞으로 잘 부탁해."

17

네 번째 피해자의 시선

공기가 상쾌하고 시원하니 오랜만에 기분이 좋았다. 몸도 가뿐한 것이 오늘 게임은 왠지 잘 풀릴 것 같다. 어제 간단히 한 잔만 하고 들어온 나를 칭찬해 주고 싶다. 로비에는 벌써부터 누님들이 진한 향수 냄새를 풍기며 떠들고 있다. 내가 슬쩍 지나가기만 해도 소리를 지르며 달려온다. 내가 스틱 한번 잡아주기를 고대하는 여자들. 쳐다보기도 싫다.

로비를 지나 밖으로 나오며 차에 둔 선글라스를 가지러 주차장으로 가는데, 어제 저녁에 승현이가 술 마시고 운전하지 말라며 나를 내려주고는 차를 가지고 가버린 게 생각났다. 바로 승현이에게 전화를 걸었다.

"승현아 어디냐."

"예, 형 일어나셨어요? 저 회의가 있어서 이것만 끝내고 바로 출발하겠습니다."

"아, 예 형사님, 바쁘시네요. 민간인이 기다려야죠, 알겠습니다."

"아 형, 죄송해요. 금방 갈게요. 끊습니다."

벌써 5년째 알고 지내는 승현이는 믿을 수 있는 꽤 쓸 만한 동생이다. 처음 만난 건 항상 다니던 하우스에서 언제나처럼 게임을 하고 있던 날이었다.

그날따라 행운의 여신이 나의 편인지 A 파켓을 쥔 상황에서 테이블에는 A 한 장과 K 두 장이 깔려있었다.

한창 흐름을 타고 레이스를 하고 있는데 갑작스레 형사들이 들이닥쳤다. 눈앞에서 날려버린 큰판도 아쉬웠지만, 이번에 또 걸린다면 나는 아버지에게 죽은 목숨이나 다름없었다.

아수라장으로 변한 실내에서 도망도 치지 못하고 허둥지둥 테이블 아래로 숨는 것밖에 할 수 없는 나는 절망감에 빠져 있었다.

그때 누군가 내 어깨를 잡으며 일으켜 세웠다. 앳되어 보이는 형사는 나를 데리고 밖으로 나가며 "이종호 씨 맞으시죠?"라며 물었고 나는 얼떨결에 고개를 끄덕였다.

그는 다른 무리와 함께 나를 데리고 나오다 경찰차가 아닌 일반 승용차에 태우더니 "은천 경찰서 김승현 형사입니다. 당분간 댁에서 조용히 계세요. 오늘 운 좋으시네요. 저를 만나서"라며 나를 빼돌려 주었다.

그렇게 내 팬이라는 그 형사 덕분에 위험을 피할 수 있었다. 그 이후로 나는 그에게 연락했고 친분을 쌓게 되었다.

처음에는 고마움의 성의 표시를 하였지만, 그는 거절했다. 시간이 지나면서 승현이는 다른 놈들처럼 돈을 바라거나 나에게서 뭔가를 바라며 빌붙어 있는 놈이 아니란 것을 알게 되었고 그럴수록 더 믿고 의지할 수 있었다.

다시 로비로 들어가려는데 전화벨이 울렸다. 처음 보는 번호다. 무시할까 하다 오늘 기분도 좋은 김에 전화를 받았다.

"네, 이종호입니다."

"종호냐?"

"누구시죠"

"야, 나 병현이다. 안병현, 88부대 네 동기"

"어, 그래. 네가 웬일이냐? 내 번호는 어떻게 알았어? 잘 지내지?"

"너 가끔 스포츠 TV에 나오길래 물어물어 찾았다. 경찰들이 너 아직 안 찾아왔냐?"

"뭐? 경찰이 왜?"

전화를 끊고 나니 상쾌하던 아침 공기가 답답하게 숨을 조여오는 것 같았다.

이마에서 땀이 흘렀다. '재수 없게 이딴 소식이나 전해오다니 아니, 혹시 그 사건 때문인가?'라는 생각에 갑자기 심장이 요동치기 시작했다.

'침착하자. 그 자식들은 총기사고와 아무런 관련이 없던 애들이다. 분명 그때 깨끗하게 정리됐어. 그런데 하필 이동네에서 우리 부대 출신 애들이 죽어 나가고 있다고? 왜? 여기서 죽고 있는 거지? 아니, 누가 죽이고 있는 거지? 설마, 나도 죽이러 오는 건 아니겠지? 승현이 이 새끼는 왜 이렇게 안 오는 거야.'

그때 멀리서 미끄러지듯이 들어오는 내 차가 보였다.

"왜 나와 계세요?"

나는 운전석에서 내리려는 승현이에게 "잠깐만 앉아봐"라고 말하며 다시 태우고 나도 옆자리에 앉았다.

'우선 승현이한테 도와달라고 해야겠다. 그럼 어디까지 얘기를 해줘야 하지?'

승현이는 나의 심각한 표정을 보며 물었다.

"형 무슨 일 있어요?"

"야, 승현아. 내가 지금 안 좋은 소식을 들어서 그러는데 요즘 연쇄살인이 일어나고 있다는데 맞아?"

"그걸, 형이 어떻게 아셨어요? 극비 사항인데…."

"그게, 나도 88사단을 나왔어."

"네? 형이 88사단 출신이라고요? 그럼 현종철이랑 문혁준,

박정호 다 아세요?"

"어, 다 같이 군 생활했던 애들이야. 그런데 걔들이 왜 죽었는지는 나도 진짜 몰라, 난 그 녀석들이랑 친하지도 않았어. 그래서 말인데 어떻게 된 건지 얘기 좀 해줘"

승현이는 난감해했지만 계속 부탁하자 마지못해 이야기를 해주었다.
시합이 시작됐는지 나를 찾는 전화가 계속 울렸지만 무시하고 승현이의 이야기에 집중했다. 모든 설명이 끝나자 확신할 수 있었다.

'머리가 복잡하다. 어떻게 해야 하지? 분명히 그 자식이다. 나도 노리고 있을 거다.'

나는 마음을 진정시키고 승현이에게 말했다.

"솔직히 범인이 누구인지 짐작은 가는데 아마도 다음은 나한테 올 것 같아."

"범인이 누군지 아신다고요?"

"아니, 그게 확실하진 않아서…."

"일단 말해보세요."

"김지호라는 새끼가 있는데, 부대 있을 때부터 싸이코 같이 자주 부딪쳤던 놈이야."

"김지호요? 그 친구는 지금 몇 년째 행방불명 상태인데요?"

"행방불명이라고? 왜?"

"그건 저희도 조사 중이에요."

'행방불명이라니, 분명히 그 자식인데 어떻게 된 거지?'

나는 일단 몸부터 피하는 게 좋겠다는 생각이 들어 승현이에게 부탁했다.

"승현아, 너 내가 정말 동생처럼 아끼는 거 알지?"

"네, 형"

"오늘 형이랑 한 얘기는 우선 너만 알고 있고, 너희 팀 수사 진행 상황을 나한테 수시로 알려 주라. 그럼 내가 안전하게 피할 수 있잖아."

승현이는 아무래도 양심에 걸리는지 심각하게 고민을 하는 것 같았다. 나는 속이 타들어 갔기에 어떻게 해서든 도움을 받아야만 했다.

"승현아, 진짜 나도 걔들처럼 죽을 수도 있어. 사람 하나 살린다고 생각하고 제발 도와줘."

"알았어요, 해볼게요. 그리고 제가 당분간 형님 주변에 있을게요."

승현이의 말에 조금은 안심이 됐다. 하지만, 만약을 위해 몸을 피할 곳을 준비하는 게 좋을 것 같았다.

다음 날 아침 눈을 뜨자마자 건강상의 이유를 대며 미리 잡혀있던 모든 스케줄을 취소했다. 속초에 있는 아무도 모르는 아버지의 별장을 쓰기로 했다. 나는 승현이에게 전화를 걸었다.

"예, 형"

"밤새 별다른 일은 없었냐?"

"네, 없습니다. 아침부터 무슨 일이세요?"

"너, 오늘 나랑 어디 좀 가자"

나는 승현이를 태우고 속초 별장으로 향했다.

“형, 지금 어디 가시는 거예요?”

“잘 들어. 여기를 아는 사람은 이제 너랑 나랑 우리 아버지뿐이야. 혹시나 일이 생기면 나는 여기로 피해 있을 거야. 그러니까 미리 알아둬. 그리고 내가 연락하면 넌 바로 이쪽으로 오면 돼 알겠지?”

“네”

한참을 달리는데 승현이가 조심스레 나에게 물었다.

“저 그런데 형 그 총기사고는 어떻게 된 겁니까?”

“그건 왜?”

“수사 나갔을 때 다들 그 이야기부터 하더라고요. 그래서 궁금해서요."

"음…. 그건 엄연한 하극상이었어. 그 이등병 새끼 처음에 들어왔을 때부터 건방졌거든. 그 새끼 처음 경계근무 나가던 날 하필 나랑 나가게 된 거야.

그래서 이번 기회에 확실하게 교육을 시켜 주기 위해서 낚시를 알려주려고 했지. 근데 그 새끼가 대드는 거야. 그래서 빰을 한 대 후려갈겼더니 미친 새끼가 총구를 들이밀며 쏘려고 하는 거야. 그래서 쏴보라고 했지.

근데 진짜 장전을 하더라고 설마 싶었지만, 자존심이 있지 거기서 미안하다고 할 수는 없잖아? 그래서 다시 말하려고 했는데 눈빛이 심상치가 않아서 잽싸게 몸을 피했어. 그런데 옆구리가 아프더라. 보니까 피가 흐르고 있는 거야.

그 새끼가 진짜 쐈더라고 만약 그게 실탄이었으면 난 이 세상에 없었을 거야. 공포탄이라 천만다행이었지. 순간 나도 눈이 뒤집혀서…."

그렇게 나는 승현이에게 속초 별장의 위치와 출입문 비밀번호를 알려주고 집으로 돌아왔다. 그래도 안심이 되지 않았고 술을 마셔도 잠이 오지 않았다. 차라리 몰랐으면 좋았을 걸 하는 생각도 들었다. 해외로 잠시 피해 있을까 하는 생각도 했다. 모르는 여자라면 할머니라도 근처에 가지 않았다. 미칠 것 같은 하루하루를 보내는데 승현이에게 전화가 왔다.

"형, 권기남 아시죠?"

"어? 알지, 그 고문관 새끼"

"지금 권기남이 유력한 용의자로 잡혀 들어왔습니다. 김지호는 아직도 못 찾았고요."

"아니야, 권기남 그 새끼는 아니야, 그놈은 꼬붕 짓이나 하면 했지, 그렇게 큰일을 저지를 수 있는 놈이 아니야. 김지호는? 분명히 범인은 그놈이야!"

"그럼, 지금 어디선가 김지호가 조용히 움직이고 있는 걸까요?"

승현이의 말에 순간 눈앞이 캄캄해졌다. 어디선가 김지호가 나를 바라보고 있을 것만 같았다. 후다닥 창가로 걸어가 커튼을 내렸다.

'아니야. 범인은 여자랬어. 내가 여자한테 죽을 만큼 잘못한 일은 없어. 나는 아닐지도 몰라.'

"형, 괜찮으세요? 그러지 마시고 전에 그 속초 별장으로 가 있으시는 게 어떨까요? 저도 주말에 바로 갈게요."

승현이의 말에 나는 바로 가방을 싸서 속초로 향했다.

새벽녘이 되어서야 속초 별장에 도착했다. 차고에 차를 넣고 문단속을 단단히 한 뒤 거실 소파에 앉자 그제야 마음이 조금 편해졌다.

며칠 동안 잠을 제대로 자지 못해서인지 바로 잠이 들었다. 창문을 비집고 들어오는 햇빛에 눈을 떠 시계를 보니 11시가 넘어있었다. 마침 전화벨이 울렸다.

“어, 승현아”

“형, 잘 도착하셨어요?”

“그래, 잘 왔지. 여기 있으니 오히려 마음이 편하다.”

“다행이네요. 뭐 필요한 건 없으세요?”

“없어, 넌 언제 올 거냐?”

“오늘 밤 일 끝나고 바로 출발하면 12전에는 도착할 거예요.”

“알았다. 맥주나 사와라 여긴 양주밖에 없어서.”

승현이와 전화를 끊고, 마당으로 나가 잠시 걷는데 주변이 너무나 조용했다. 그 고요함이 갑자기 무섭게 다가왔다. 나는 무언가에 쫓기듯 집안으로 뛰어 들어왔다.

나도 모르게 화가 치밀어 올랐다. 장식장에 있던 술을 꺼내어 소파에 앉았다.

어느덧 해가 수평선에 걸려있었다. TV에서는 웃기지도 않는 것들이 나와 자기들끼리 떠들어 대고 있다. 이제 조금만 있으면 밤이 되고 그러면 승현이가 올 것이다. 문득 혼자 온 것이 후회됐다. 누구라도 하나 데리고 올걸….

쌀쌀한 기운에 눈이 떠졌다.

'이런, 나도 모르게 깜박 잠이 들었나 보다.'

TV는 여전히 혼자 떠들어 대고 있었고 마당으로 향해 나 있는 테라스 문이 살짝 열려 커튼이 바람에 펄럭이고 있었다.

"아, 씨발 추워"

일어나서 문을 닫고 뒤돌아서는 순간 나는 움찔하며 멈춰 섰다. 거실 맞은편에 누군가 서 있었다.

불 꺼진 거실에 TV 불빛을 통해 보이는 그녀는 마른 몸매에 키가 컸고, 단정한 청바지와 셔츠를 입고 긴 머리를 하고 있었다. 얼굴은 자세히 보이지 않았지만 느낌적으로 알 수 있었다. 왜 경찰이 연쇄살인범으로 여자를 찾고 있었는지….

'김지호다.'

머릿속이 복잡했다.

'그런 거였나? 누군지 물어야 하나? 네가 김지호인 걸 안다고 할까? 모르는 척할까?' 슬며시 시계를 보니 12시가 되어가고 있었다. 승현이가 도착할 시간이 다 되어간다.

하늘은 내 편이다.

"너, 뭐야? 여기 어떻게 들어왔어? 너, 김지호지?"

그녀가 천천히 앞으로 다가왔다. 불빛에 비친 그녀는 나를 바라보고 한쪽 입꼬리를 살짝 올려 웃으며 말했다.

"저 기억나십니까? 이종호 병장님"

경악스러웠다. 소리조차 지를 수 없었다. 낯선 여자의 입에서 내가 기억하는 김지호의 목소리가 흘러나왔다. 분명 김지호였다.

"너, 어떻게…."

"왜? 예쁜 여자 처음 봐?"

"도, 도대체 나한테 원하는 게 뭐야?"

"사람을 괴롭혔으면 벌을 받아야지."

"아니, 아니야. 그땐 그냥 장난이었잖아, 다들 그랬잖아 다 그랬다고. 그래서 죽였다는 거야? 종철이랑 혁준이랑? 그때 좀 괴롭혔다고 사람을 죽이는 거야? 너 미쳤어?"

"너도 죽였잖아"

갑자기 머리가 핑 돌았다. 가슴속에서 걷잡을 수 없는 분노가 끓어올랐다.

'이찬성 때문인 건가?'

참을 수 없이 화가 치밀어 올랐다.

"그건 사고였어. 사고였다고! 내가 일부러 죽인 게 아니라고! 먼저 덤벼든 건 그 자식이었다고!"

나는 소리를 지르며 순식간에 김지호의 목덜미를 잡아 벽으로 밀어붙였다.

"그래서 네가 뭘 어쩌겠다고? 이따위 계집에 몸으로 네가 나를 벌하겠다고?"

그의 가냘픈 목은 내가 조금만 힘을 주면 꺾여 버릴 것 같았다. 예전에 부대에서 알던 그 김지호라고 생각할 수 없을 정도였다.

갑자기 목에 날카로운 통증이 느껴졌다. 그는 언제 꺼냈는지 숨겨두었던 칼로 내 목에 겨누고 있었다.

"흥분하지 마. 그럼 자꾸 찌르고 싶어지잖아"

그는 내 목에 칼을 대고 천천히 나를 뒤로 밀어냈다.

'이제 어떻게 되는 걸까? 나는 이대로 죽는 건가?' 그 순간 마당으로 들어오는 차량의 헤드라이트 불빛이 보였다.

'승현이다. 살았다. 조금만 버티면 된다.'

나는 지호를 설득하기로 했다.

"지금 들어오는 차 경찰이야. 나랑 친한 동생이지. 지금이라도 이 칼 내려놓고 그냥 가. 절대 네 이야기 하지 않을게, 찾지도 않을게 약속해."

김지호는 아무런 표정의 변화가 없었다. 오히려 그의 손에 들려있는 날카로운 칼날이 내 목으로 조금 더 깊게 들어왔다. 당장이라도 내 목을 찌를 것 같았다. 숨을 쉴 수가 없었다.

"헉헉, 다 지나간 일이야, 도대체 왜 이러는 건데,"

"삑 삑 삑, 삐리리"

현관문이 열리는 소리가 나고 승현이가 걸어 들어왔다. 눈물이 날 만큼 반가웠다. 나는 승현이에게 소리쳤다.

"승현아, 이 새끼가 범인이야. 어서 잡아"

승현이는 천천히 내 옆으로 와서 총을 꺼내 들고는 김지호가 아닌 내 머리에 겨눴다. 김지호는 승현이를 보고 싱긋 웃더니 말했다.

"맥주는 사 왔어?"

'이 자식이 승현이를 어떻게 아는 거지? 이게 어떻게 된 거지? 설마 지금까지 나를 속인 거야? 나를 노리고 일부러 접근했다는 말인가?'

나는 믿을 수 없었기에 미친 듯이 소리 질렀다.

"야! 김승현, 너 경찰이잖아! 어떻게 된 거야? 저 새끼 안 잡고 뭐 해? 너 내가 누군지 몰라? 미쳤냐고, 저 살인자 새끼랑 지금 뭐 하는 거야!"

승현이는 쇠사슬을 가져와 거실과 이층 계단 사이의 나무 기둥에 나를 묶었다. 나는 이대로 묶여 있을 수 없었다. 미친 듯이 몸부림치며 승현이를 불렀다.

"승현아. 너 왜 이래. 형이야. 형이라고! 이러지 마. 저 새끼가 뭐라고 했어? 형 한 번만 살려줘 형이 너한테 잘했잖아. 너 형한테 왜 이러는 건데? 어? 제발. 승현아 제발!"

승현이는 내 입까지 테이프로 막아버린 후 아무 말도 없이 밖으로 나가버렸다. 나는 너무나 억울했다.

김지호에게 묻고 싶었다. 내가 뭘 그렇게 잘못했기에 이렇게 날 죽이려 하는 것인지. 내 마음을 읽기라도 한 것처럼 나에게 다가와 입에 붙어있는 테이프를 떼 주었다. 나는 소리쳤다.

"말해봐. 내가 뭘 그렇게 잘못해서 죽어야 하는 건데? 이유는 알고 죽어야 할 것 아냐!"

"그럼. 넌 그때 왜 그랬는데? 내가 뭘 잘못했기에? 화장실에서 그렇게 날 모욕하고 짓밟은 건데?"

김지호의 대답을 듣는 순간 난 직감할 수 있었다.

'이 자식은 그냥 싸이코다. 아무 이유 없이 죽이는 거다. 승현이도 죽일 것이다. 다른 애들도 마찬가지였을 것이다.'

"내가 잘못했어, 잘못했다고. 사과할게, 너 괴롭힌 것도, 그때 게이라고 소문낸 것도, 그냥 네가 미웠어, 다시는 안 그럴게, 살려줘 제발, 너도 그럴 때 있잖아, 이해해 줄 수 있지? 제발"

나는 자포자기하는 심정으로 매달리듯이 빌었다. 제발 목숨만은 살려주기를… 이런 나를 위에서 내려다보는 김지호는 아무런 표정 없이 인형 같은 얼굴로 말했다.

"아니, 나는 그냥 네가 싫어."

그 말을 끝으로 불같은 통증이 온몸에 밀려왔다.

18

이유

뜨거운 태양 아래 우리는 너나 할 것 없이 웃통을 까고 미친 듯이 공을 차고 있었다.

갈색으로 그을린 건장한 근육질의 몸들이 땀을 흘리며 뛰고 있는 가운데 재중이가 있었다.

누구보다 빛나고 있는 나의 재중이. 훈련소에서부터 자대 배치까지 우리는 항상 함께였다. 냉혹한 추위의 혹한기 훈련과 무더위 속에서 받던 유격 훈련까지 서로에게 의지하며 힘이 되어주었다. 나에게 그는 더 특별했다.

그가 몰래 건네주던 사탕 하나에 행복했고, 내 옆자리에서

잠드는 그를 바라보며 참을 수 없는 마음을 품기도 했다. 하지만 내색할 수 없었다. 그에게 나는 그저 친한 친구였으니까. 그래도 나를 가장 친한 친구로 대해주는 것이 좋았다. 그 예쁘장한 신입이 들어오기 전까지는 말이다.

처음에 그 녀석은 혼자 재중이의 주변을 맴돌고 있었다. 시간이 지나면서 졸졸 따라다니는 것이 눈에 보이기 시작하니 신경이 쓰였다. 그냥 선임을 따르는 눈빛이 아니었다. 어느새 둘은 자주 함께 있는 모습을 보이기 시작했다. 더 이상 그냥 두고 볼 수만은 없었다.

그날은 재수 없게도 나만 차출되어 호국훈련을 받고 돌아오던 날이었다. 며칠간 못 본 재중이를 볼 생각에 마음이 급했다. 보고를 마치고 내무반으로 바로 달려갔지만, 재중이가 없었다. 기분 나쁜 느낌이 스멀스멀 올라왔다. 천천히 계단을 내려가 뒤뜰로 걸어갔다.

재중이는 해가 지고 있는 뒤뜰에서 그 녀석과 서로를 바라보며 웃고 있었다. 내가 없이도 행복해 보였다. 나에게는 한 번도 보여주지 않았던 눈빛이었다.

나도 갖지 못하는 것을 빼앗아가려는 녀석, 절대 그냥 둘 수 없었다. 반드시 내 발밑에서 살려달라고 빌게 만들어 줄 것이다.

그날 밤이 바로 김지호를 비롯한 후임들을 화장실로 소집한 날이었다.

'이것이 지금 내가 여기서 죽어야 하는 이유인가?'

눈이 감겨왔다.